KB013134

여자, 새벽 한 시

amStory
All about Making Story

오늘 밤, 당신의 마음은 괜찮은가요?

| 목차 |

| 오프닝 |

12시

0시

자정

오야

시간은 하나인데, 이름은 여럿.

여기서 끝이 아니에요.

두 개가 더 있습니다.

하나는 끝,

하나는 시작.

헌 하루를 마무리하는 시간이자

새 하루를 시작하는 시간이니까요.

그래서 그런지 12시의 우리 모습은 매우 다채롭습니다.

특히 마음이 아주 골고루예요.

아래로 아래로 가라앉는 생각들 때문에

밤은 너무 무겁습니다.

그리고 밤은 너무 외롭습니다.

왜냐하면 밤이니까요.

햇수로 8년째 심야 라디오를 진행해오고 있습니다.

쉬이 잠들 수 없는 누군가와,

억지로 졸린 눈을 붙들고 있어야만 하는 누군가와,

그렇게 밤을 걸어왔습니다.

누군가의 일상은 결국 저의 일상이 되었고,
저를 위로하는 노래는 모두를 위한 멜로디가 되어주었습니다.

그러던 어느 날 이런 생각이 들었어요.
'참 많은 대화를 했는데... 모두 어디로 갔을까? 홀연히 날아간 걸까?'

이대로 사라지지 않았으면 좋겠어요.
잔향이 있었으면 좋겠습니다.

그 뒤울림을 위해 남겨두기로 했어요.

그 밤, 우리가 생각했던...
그 밤, 우리가 나누었던...

우리만의 모든 것.

이어령 작가님 글 중에 좋아하는 표현이 있어요.

'언어는 하나하나가 모두 눈동자를 가지고 있다.'

보다 많은 사람과 시선을 맞출 수 있는
아름다운 눈동자를 갖고 싶어요.
그래서 언제나 아름다운 입술부터 꿈꿉니다.

friend

00: 00 a.m.

준비가 안 돼도 좋다

"아직 준비가 안 돼서요."

참 많이 했던 얘기,
참 많이 들어 왔던 얘기.

시작의 걸림돌은 늘 '준비'였다.

어쩌면 준비라는 건,
빠져나갈 구멍이지 않을까.
변명이나 자기합리화.

'그럼 대체 준비는 언제 되는 건데?'

준비는 영원히 미완성이다.
준비만으로는 부족하다.
준비는 시작과 함께일 때만 완벽해질 수 있다.

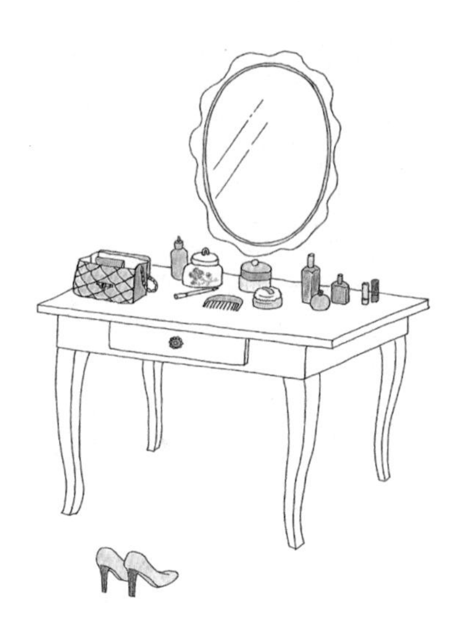

Before & After

결혼 전,

남자색깔 칫솔, 여자색깔 칫솔
나란히 꽂혀 있는 상상만으로도 행복한 것.

결혼 후,

치약을 어떻게 짜느냐 가지고도 티격태격하는 것.

정말 결혼은 현실인가 봐.

시소놀이

그 마음을 알고 싶어서
내 (방송) 시간을 제외한 시간에는
청취자로 살아보았다.

문자 당첨이 돼보니 희열을 알겠고,
안 돼보니 서운함을 알겠다.

어플 버퍼링의 불편함도 알았다.

기분이 헤아려졌다.
청취자로 살아보니 청취자가 보였다.

DJ와 청취자는 매일 시소놀이를 한다.
그래서 조절이 필요한 것 같다.

나만 계속 올라가 있거나
청취자만 계속 올라가 있으면
그게 무슨 재미일까.

도착 알리미

내가 타고자 하는 버스 번호를 입력하기만 하면,

지금 어디쯤에 있는지,
몇 분 뒤에 도착하는지,
심지어 그 다음 버스는 언제 오는지,
아니면 막차인지까지

소상히 알 수 있는데
사랑은 그렇지가 않다.

왜냐? 사랑 도착 알리미가 없으니까...

그 사람이 어디에 있는지,
대체 언제 도착하는 건지,
이 사람 놓치면 다음 사람은 언제 오는지,
혹시 지난 사랑이 마지막은 아니었는지...

알 수가 없다.

사랑은 절대 우리를 편하게 해주는 법이 없다.
사랑, 고약한 녀석...

좀 미리 알려주면 어디 덧나나?

남자들의 흔한 착각

군대 얘기
축구 얘기
군대에서 축구한 얘기

여자들이 제일 싫어하는 이야기라고?

아니야. 틀렸어.

여자들이 정말 싫어하는 건,
그 대화에 끼워주지 않는 거야.

만날 지들끼리만 얘기하잖아.

여자 위로하기

그냥 들어.
일단 들어.

해결하려 들지 마.

그리고
오래 안아줘.

어때?
어렵지 않지?

가로보다는 세로

"나도 연애를 길게 해보고 싶어."

시작만 하면 금방 끝나버리는 연애에 지쳤다는 그녀.
그녀는 어떻게 하면 사람을 오래 만날 수 있는지가
궁금하다고 했다.

그런데, 사실 중요한 건 그게 아니다.
정말 중요한 건,

가로보다는 세로.
시간이 아닌, 깊이.

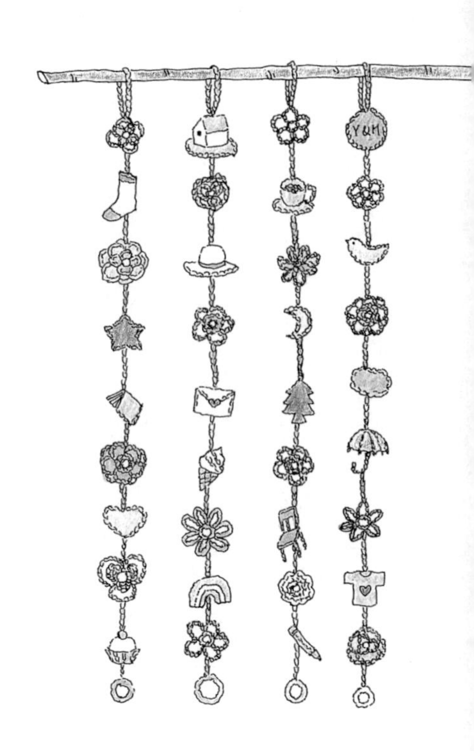
Y&M

귀(耳)신

청취자는 정말 귀신이다.
귀의 신!

'감기 걸렸나요?'라는 말을 들으면
괜찮다가도 며칠 내 진짜 감기에 걸려버린다.

귀신은 나보다 더 먼저 나를 알아본다.

귀를 기울이면
그 너머까지 보이나 보다.

청취자는 귀신이다.

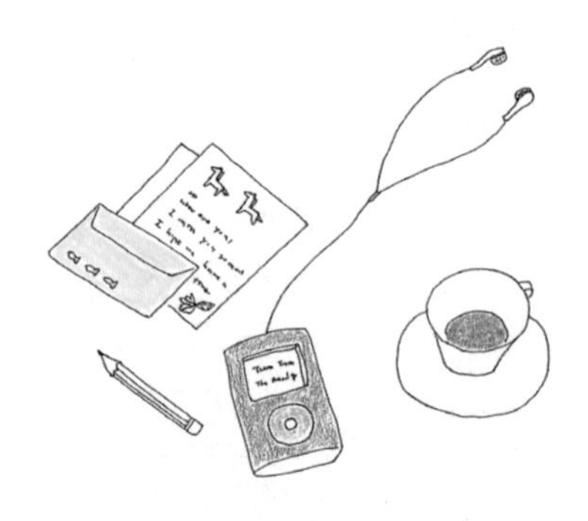

Game Over

노트를 꺼내 적기 시작한다.

헤어져야 하는 이유.

1.

2.

3.

4.

5.

6.

...

헤어지지 말아야 하는 이유.

1. 그래도 사랑한다.

-Game Over-

봄이 익다

내 발은 온도계.

발이 좀 더워지면,
딱 좋은 봄이다.

됐다.
봄이 먹음직스럽게 잘 익었다.
노릇노릇.

모두의 삶

'난 그들의 삶을 훔쳤고, 그들은 나의 인생을 바꿨다.'

눈에 띄는 영화 – 〈타인의 삶〉 포스터의 문구.

2분할된 포스터 위쪽에는 남녀가 손을 잡고 누워 있고,
아래쪽에는 한 남자가 헤드폰을 쓰고 어딘가를 응시하고 있다.

포스터만 봤을 때,
라디오 DJ가 주인공인 영화로 알았다.

아니었다.
헤드폰을 쓴 이는 DJ가 아니라 도청 중인 비밀요원이었다.

그의 이름은 비즐러.
비즐러는 극작가 드라이만과
그의 연인이자 배우인 크리스타를 감시하다가
점점 그들에게 동화되어 간다.

영화를 다 보고 나니,
비즐러의 일과 내 일의 공통점을 찾게 되었다.

청취자들의 이야기를 듣고, 물들어 가는 일.

듣는다는 것은 받아들이겠다는 뜻.

남의 얘기가 남의 얘기만은 아니다.
타인의 삶도 곧 나의 삶이다.

간절하면

현재 다이어트 중.

한밤중,
배가 고프다.

집에 먹을 것이 없다.
다이어트를 위해 미리 비워놨으니까.

하지만,
나도 모르게 계속 생각한다.

'뭐, 간단히 먹을 게 있을 텐데...'

아! 맞다! 생각났다.
냉동실에 넣어둔 생초콜릿 한 상자.

한두 개만 먹어야지 하다가 결국 다 먹고 말았다.

왜 간절해지면 기억력이 좋아지는 걸까?

심야의 FM

심야 라디오는

'어떻게' 또는 '어떡해'이다.

그래서 많이 따뜻해야만 한다.

난들 알까

습관적으로 이런 말을 하는 사람.

"내 맘 알지?"

상대가 뭘 원하는지 뻔히 알면서도
그저 대충 넘어가 보려고...
요리조리 잘만 빠져나간다.

"내 맘 알지?"

이 말처럼 무책임한 말이 또 있을까...

보여주지도 않고 아냐니.
서운하게 해놓고 아냐니.
무턱대고.

그러는 너는 내 맘은 왜 모르니?

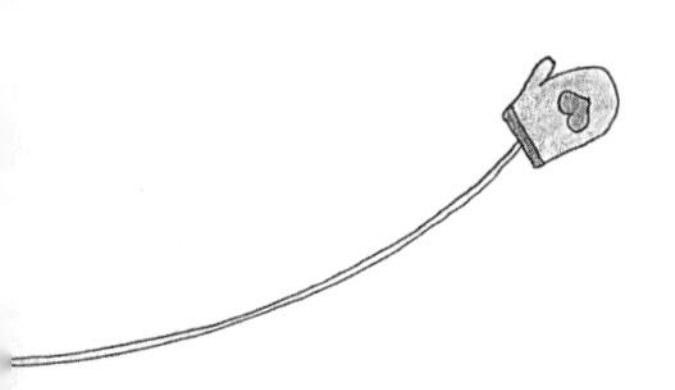

시간 속에 산다

대부분의 우리가
잠들기 전에 잊지 않고 꼭 하는 일은

'알람 맞추기'

고정된 맞춤 시간이 있고,
매일이 다른 시간도 있을 거다.

그렇게 알람을 맞출 때면...
유독 시간의 소중함을 느끼고는 한다.

잠에 있어서만큼은
십 분. 아니, 단 오 분의 차이도 꽤 큰 법이니까.

지금도 잠자코 흘러가는 시간.

우리는 그 속에 있다.

이별A/S

"내가 그랬나?"

라고 되묻지 마세요.

그때를 내내 추억이라 여기며 가끔 꺼내보던 사람에게는
무심코 던진 한 마디라도
큰 상처가 될 수 있으니까요.

설사 기억나지 않는다고 해도
그냥 끄덕여주세요.

어쩌면 그것도 이별 후 해야 하는 A/S 중 하나일 거예요.

"그때 그랬잖아?"

"그래. 그랬었지."

이미 정해져 있다

"여기 사주 잘 못 보는 것 같아. 우리 딴 데 다시 가보자."

"또?"

"어디 잘 보는 데 없나?"

듣고 싶은 대답은 이미 정해져 있다.

우리가 다이어트에 실패하는 이유

열량 낮은 거 먹었으니까,
운동 다니니까,
땀 뺐으니까,

(야릇한 미소와 함께)
먹어도 되겠지?

잘못된 위안은 더 큰 화를 부른다.

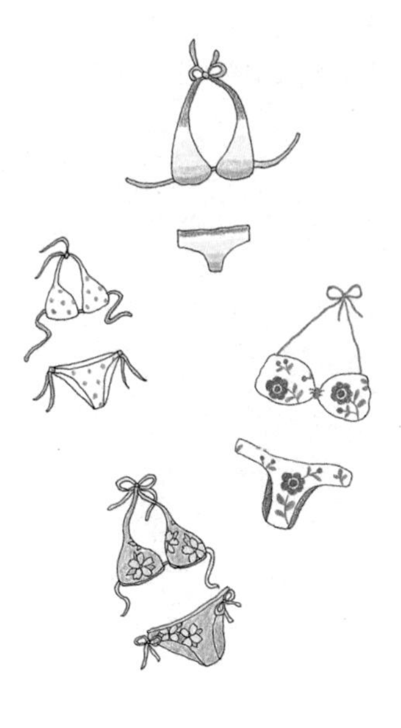

친구니까

친구란?

반복되는 이야기라도

짜증내지 않고 잘 들어주는 사이 아닐까?

"나, 헤어질까 말까? 어떻게 생각해?"
"그럼 말이야…"

"나 이번엔 진짜 끝이야."
"그럼 말이야…"

"있잖아. 나 다시 만나."
"그럼 말이야…"

"나, 정말 더는 못 만나겠어."
"그럼 말이야…"

"아무래도 다시 만나야 할 것 같아."
"그럼 말이야…"

헤어진 사람의 연애가 나를 화나게 하는 이유

그 연애,

어떻게 할지 다 아니까...

오늘부터!

내일부터!

핑계.
내일은 그럴 때 쓰라고 있는 게 아니야!

❀

몸은 기억한다

멀쩡히 잘 가다가,
"이상해. 자리 바뀌었어!"

난 너와 있을 때는 늘 오른쪽에 있었다.

네가 왼쪽이니, 내가 오른쪽이니
딱히 정해 놓은 건 아니지만...

넌 왼쪽에 있어야 하고,
나는 오른쪽에 있어야 한다.

그게 맞다.
몸은 기억한다!

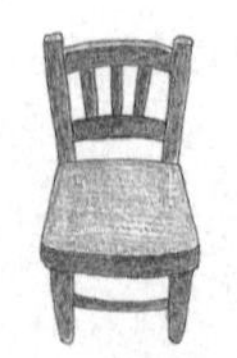   

12시를 알리는 시보가 나오고,
"안녕하세요? 석아윤입니다."
오프닝 멘트를 하는데, 편치가 않다.
뭔가가 평소와 달랐으니까...

첫 곡이 나가는 동안 잠깐 생각하다가 이유를 알았다.
'의자가 아니다.'
이건 내가 앉아온 의자가 아니다.

스튜디오 안에는 똑같은 모양, 똑같은 색깔...
똑같은 의자가 여러 개다.
그 중에서 늘 내가 앉는 의자를 찾았다.

내 이름이 쓰여 있는 것도 아니었고,
내 거라고 따로 찜해놓은 것도 아니었지만,
찾는 일은 어렵지 않았다.

몸은 기억한다!

꼭 맞는 말

남자들의 흥을 돋우는 말,

잘한다.

잘한다.

잘한다.

여자들의 흥을 돋우는 말,

예쁘다.

예쁘다.

예쁘다.

낙서

장난 글씨 - 낙서.

빈 노트에,
신문지 또는 이면지에,
간혹 냅킨에.

글씨를 쓰거나 그림을 그리거나
이리저리 마음 가는 대로 옮겨놓아 본다.

지루한 마라톤 회의시간,
무료한 시간을 때울 때,
누군가와의 소통이 원활하지 않은 상황.

으레 펜에 손이 가고,
으레 이것저것 그리고, 쓰게 된다.

얼룩덜룩 까매진 종이를 보면,
복잡한 내 마음이 보이는 것 같기도 하다.

낙서를 통해
인쇄라도 하듯.

마음의 짐을 빈 종이에 박아 내고 싶은 건지도 모르겠다.

부르는 대로

네가 나에게 천사라 불렀을 때, 난 정말 천사가 되었고,

네가 나에게 악마라 불렀을 때, 난 정말 악마가 되었다.

말은 행동을 낳는다.

연애가 나를 흔든다

천성이라는 게 있을까?
만약 있다면...
사람은 죽을 때까지 안 바뀔까?

글쎄...
그래도 사람인데 달라질 수 있지 않을까?

그렇게 믿고 싶다.
본인이 원한다면 좋게 변할 수 있다고 믿고 싶다.

그런데...
그 믿음이 유난히 흔들릴 때가 있다.

언제?

'연애할 때'

행복이다

굳이 알람을 맞추지 않고,
저절로 눈이 떠질 때까지 푹 자는 것.

편의점에 들어가
맛별, 브랜드별 무수히 많은 주전부리를 보며
무엇을 집어 들까 고민하는 것.

오늘은 어떤 커피를 마시지?
어떤 케이크를 곁들이지?
잠시 망설이는 것.

떡볶이 집 키다리 아저씨가
떡볶이, 튀김 범벅에 순대 몇 개를
서비스로 넣어주는 것.

작아서 잘 보이지는 않지만...

행복, 확실하다.
행복, 맞다!

지원합니다

취업준비생. 줄여서 취준생.
그들의 구직활동은 어렵다.

공고가 뜨면 득달같이 달려들어 지원을 하고 보는데,
'나'라는 사람을 잘 소개해야 한다는 스트레스가 만만치 않다.

이력서를 적고, 자기소개서를 적고...

어떤 때는 쓰기가 귀찮아서
이전에 다른 곳에 냈던 내용을 복사해 다시 써먹기도 한다.
그러다가 회사명을 바꾸지 않는 엄청난 실수를 하기도 한다.

자기소개서는 면접 시 받을 질문을 결정해주는 서류인데,
어떻게 적어야 유리할는지,
영리한 척 골똘히 생각해보지만 번뜩 떠오르지 않는다.

회사가 궁금해 하는 질문에 1,500자 내외로 어떻게 적어야 할지,
이게 보통 난감한 일이 아니다.

'1,500자 안에 나를 가둔다는 게 말이 되나?'
괜한 시비를 걸어보기도 하지만 금방 항복한다.
억지로 늘리거나 잘라내 제한된 글자 수에 맞춰보기도 하고,
별짓 다한다.

그런데 그 와중에 뜬금없이 이런 생각이 든다.

'이거 다 읽어보기나 할까?'

그러다가 다시 또 몰두해 적어 내려간다.

어렵게 어렵게 자기소개서를 다 쓰고 나면,
다시 이력서를 훑어본다.
그리고 마지막으로 남겨둔 '특기'란을 노려본다.

특기...
나만 잘하는 거.
글쎄 뭐가 있을까.

어딘가에 내 자리를 만드는 일은 참 어려운 것 같다.
어렵지만 결코 불가능하지는 않은 일.

내 자리는 어딘가에 분명 있다.
내가 지원(志願)한 곳이 나를 지원(支援)할 그 날을 그리며...

멈춘다?
아니, 멈추지 않는다.

이상형

Wanted!

공개 수배합니다.

추성책 씨를 아시는 분은 제보 바랍니다.
현상금은... 없지만...

추진력.
성실함.
책임감.

어디 꽁꽁 숨어 있나요?
머리카락이라도 보여줘야죠.

부케 돌려막기

속설.
부케를 받고 6개월 안에 시집가지 않으면
3년 안에 절대로 시집 못 간다.

그 때문일까.
부케 받기를 꺼려하거나 부담스러워하는 사람이 많다.
더 솔직히 얘기하면
부케 받는 사람이 결혼을 앞두고 있지 않다면
안타깝게 보는 주위 사람들이 많다.

세간에 떠도는 말에 큰 의미를 둘 필요 있을까?

그렇게 생각한다.
부케를 받는다는 건
가까운 사람의 가장 복된 기운을
받아오는 거라고.
그러니 기쁘게 받으면 되는 거다.

그래도 영 찜찜하다면 만기 연장하면 된다.

6개월 채우기 전에 또 받고,

6개월 더 시간 벌고...

쌍방과실

너무 잘 믿는 게 문제일까,
너무 잘 믿지 못하는 게 문제일까.

둘 다 문제는 아니다.

믿는 대로 하지 않는 사람,
믿지 못하게 만드는 사람.

사람이 문제.

스팸이 가져간 것

낯선 번호가 더는 궁금하지 않다.

'혹시?' 따위,
목소리를 가다듬는 따위,
놀라거나 두근거리는 따위.

더 이상은 없다.

예고 없이 찾아오던 긴장감이 사라졌다.
스팸이 탈취했다.

어부바

글쎄...
다른 건 잘 모르겠는데 일단 등은 좀 넓었으면 좋겠어.

호남평야?
돼지 등심처럼 두툼한?
그랬으면 좋겠어.

너는 나에게 너의 등을 내주고,
나는 너에게 나의 심장을 내주고.

그 두 개가 맞닿을 때만 느낄 수 있는 특유의 안정감이 있거든.

그럼 나는 더 높이, 더 멀리 볼 수 있어.
네가 날 올려주니까.

어쩌면 가끔 내가 널 숨 막히게 할지도 몰라.
그건 애정이 넘쳐서 그러는 거야.

또 어쩌면 네 다리가 후들거릴 수도 있어.
그것 역시 애정이 넘쳐서 그러는 거야.

한 번씩 내가 처지거나 늘어질 때도 있지만.
걱정 마.
넌 날 자극시킬 수 있거든.
반동을 주는 거야.

나, 어부바!!

이왕이면

"여기?"

"아니. 거기 말고 조금 더 왼쪽."

"그럼 여기?"

"아니, 너무 갔어. 다시 오른쪽으로 조금만..."

"여기지?"

"아니, 조금 더 위쪽."

긁어주는 게 중요한 게 아니다.
정확하게 긁어주는 게 중요하다.

여행

여행?

행여...

여행은 그런 것.

혹시 갈 수 있을까...

상상만으로도 이미 좋은 것.

사랑, 관성의 법칙

이별은 힘들 수밖에 없다.
적어도 그 사랑이 진짜였다면...

정을 뗀다는 것은 쉽지 않은 일이다.
그야말로 생이별인데,
쉽다면 그게 더 이상한 일 아닐까?

헤어짐이 힘든 가장 큰 이유는
받아들여지지 않아서가 아닐까 한다.

인정하면 쉽지만,
그렇지 못하면 그때부터 사정없이 어려워진다.

말로는, 머릿속으로는 이별했다고 인정하지만,
그게 전부는 아니니까...
어디까지나 말뿐이고, 다짐뿐이다.

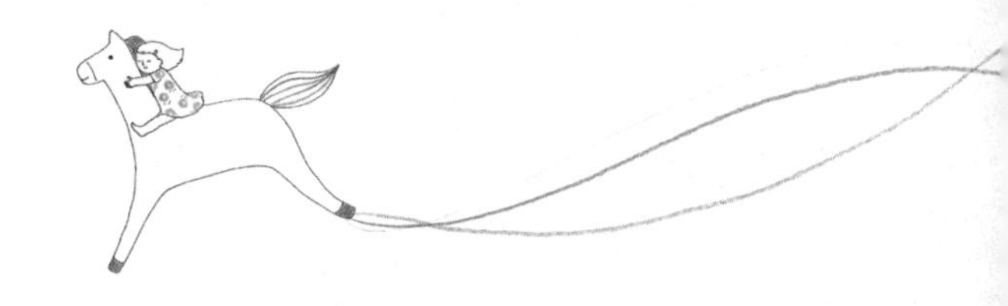

굿모닝 통화부터 굿나이트 통화까지.
나의 일상과 그 사람의 일상까지.
익숙해져 있는 모든 것이 이별을 부정한다.

'끝'이 곧바로 '끝'일 수는 없다.

관성의 법칙.

나는 너를 타고 가고 있다.
갑자기 브레이크가 걸렸다고 해도 멈춰지지 않는다.
나는 계속 너를 타고 싶다.

시작과 끝은 왜 다를까?

"우리 헤어져."

한쪽에서 이별을 통보하면,
다른 한쪽에서는 받아들일 수밖에 없다.

특히 통보하는 입장이 아주 강경하거나 단호하다면
더욱더 어쩔 도리가 없다.

'어떻게 나한테 이럴 수 있지?'

억울하기도 하고,
원망스럽기도 하겠지만
그렇다고 해도 어떠한 방도가 있는 건 아니다.

왜 연애는 그런 걸까?

시작에는 합의가 반드시 필요하지만,
끝에는 합의가 굳이 필요하지는 않다.

절대적인 감정

넌 너무 슬픈데,
팔자 좋은 소리 하고 있대?
배부른 소리 하고 있대?
너보다 더한 사람도 있다고...
그래서 슬퍼해서는 안 된대?

그런 게 어디 있어.

괜찮아.
마음껏 슬퍼해도 돼.
마음껏 힘들어해도 돼.
슬픈 감정은 상대적인 게 아니거든.

내가 슬프다는데,
내가 힘들다는데.

억지로 남 생각까지 하며 참아야 할까?
슬픈 감정은 절대적인 거야.

내가 힘들면 힘든 거야.

처음의 산물

'이건 좀 다르다.'
둥근 몸매가 아니라, 네모반듯.

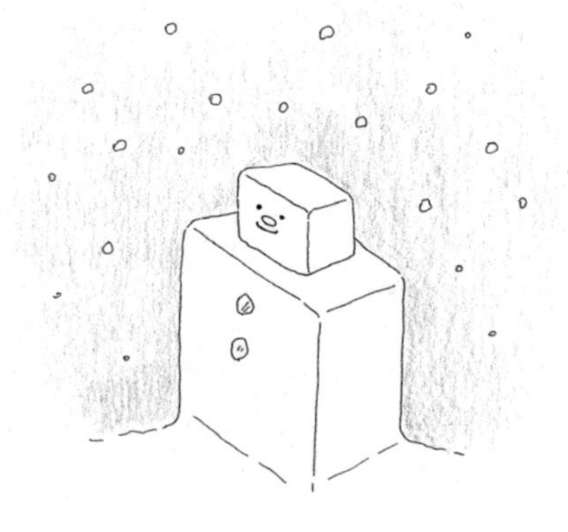

눈이 펑펑 내린 날,
단골 베트남 쌀국수 가게 앞에서
네모 눈사람을 보았다.

'왜 눈사람은 둥글어야 한다고 생각했던 걸까...'

틀에 박히지 않은 체형의 눈사람에 호기심이 생겼다.
"사장님, 이거 누가 만드셨어요?"

이번에 베트남에서
새로 온 주방장님이 만든 거라는데...
흥미롭다.
눈 없는 뜨거운 나라에서 오신 분이 만든 거라니...

역시,
처음에는 선입견이 없나 보다.

환상의 그대

캐리는 그랬다.
평소 간절히 바라던 이상형, 에이든을 만났으면서도
결국은 속 썩이던 옛 연인, 빅에게 돌아갔다.

꿈꾸던 이상형에 미치는 사람을 만나는 것은 행운이다.

하지만, 이상형에 미치는 사람을 만난다 해도
정작 미치기란 쉽지 않다.

그래서 미쳐버릴 것 같을 때가 있다.

신조어 : 신상녀 II

신분 상승을 꿈꾸는 여자를 일컫는 말.

당신은, 신상녀인가요?

다시

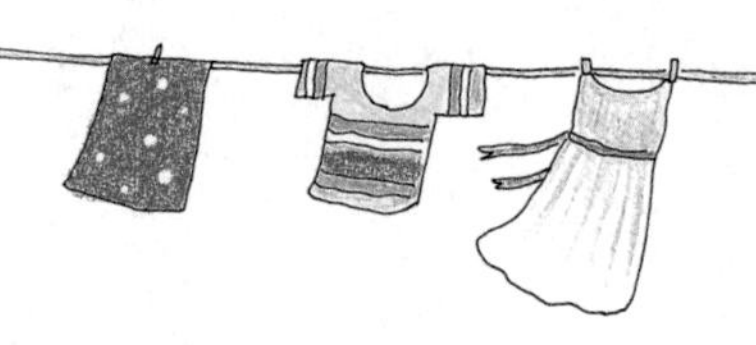

세상이 좋아지긴 했나 봐요.
때를 놓쳐도 다시 만회할 수 있는 것들이 많아졌거든요.

보고 싶은 TV 프로그램을 제때 못 봤을 때,
'다시 보기'가 있으니 걱정이 없습니다.

듣고 싶은 라디오 프로그램을 제때 못 들었을 때,
'다시 듣기'가 있으니 역시 걱정 없어요.

물론, 그렇다고 모든 것을
되돌릴 수 있는 건 아닙니다.

그때 놓친 사람...
영원히 못 볼 수도 있고요.

그때 받지 않은 전화...
더는 그 사람의 목소리를 듣지 못할 수도 있어요.

세상이 아무리 좋아졌다 해도
돌이킬 수 없는 것도 있습니다.

바람, 바람, 바람

물음표가 느낌표가 되어줄 때.

넌, 고마움을 느끼니?
넌, 싫증을 느끼니?

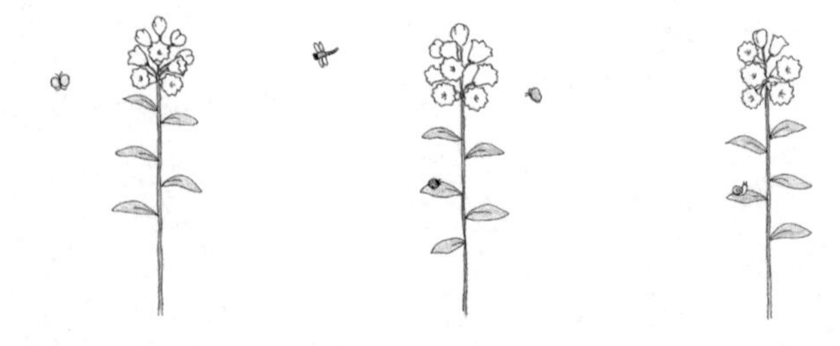

여자는 남자의 변화를 변심(變心)이라고 생각하고,
남자는 남자의 변화를 변형(變形)이라고 생각한다.

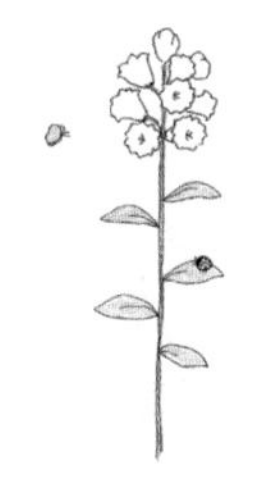

00: 30 a.m.

감성과 감정 사이

당신은

감성적인가요?
감정적인가요?

분명 다릅니다.

나는 알아요

나는 알아요.
용돈을 모아 분홍색 팔찌를 선물해준 남고생.
늘 성시경 씨의 〈괜찮아〉를 신청하는데,
〈괜찮아〉가 실은 〈난 좋아〉라는 걸.

나는 알아요.
군대 후임과 팀을 결성했다는 오 모 청취자는
윤종신 씨 노래를 가장 좋아한다는 걸.

나는 알아요.
고3 수험생인 이 모 청취자는
Rock이면 무조건 좋아한다는 걸.

이쯤 되면 친하다고 말해도 되는 거죠?

그런데, 자꾸 욕심이 납니다.
나는 지금 알고 있는 것 말고도 더 많은 것을 알고 싶어요.

우리라는 말

우리라는 말을 좋아해요.

"우리~~~"

이렇게 부르면 더 친한 느낌이 들거든요.

우리라는 대명사는 세 가지 명사를 데려다줘요.

소속감, 안정감, 든든함.

어찌 보면 우리와 우리가 아닌 것.
너무 편을 가르는 것일지도 모르지만
그래도 나는 우리라는 말을 아낌없이 하고 싶어요.

아, 단 하나만 빼고요.
내 사람!

우리 남자?
우리 여자?

이건 별로잖아요.

"알아서 잘 해주세요."

하면,

알아서 잘 해줄 것 같지?

아니야.
절대로 알아서 잘 안 해준다.

악순환

5학년 3반 38번이라고 적혀 있는 걸 보니,
새삼 12살 시절 소속이 그러했다는 걸 깨닫게 된다.

낡은 일기장을 열어 봤더니
열두 살의 내 이야기가 고스란히 담겨 있었다.

그 날 그 날의 글씨체에서 기분을 엿볼 수 있었다.
쓰고 싶은 날도 있었을 거고,
마지못해 쓴 날도 있었겠지.

여러 날이 담겨 있었다.

한 장씩 넘기다 보니,
어느 날 부턴가는 '그 날의 반성' 콘셉트로 써내려가고 있었다.
그땐 어렸지만,
지금 못지않게 반성할 게 참 많았다.
오늘의 반성은 내일로 이어지고,
반복의 반복.

그런데 재밌는 건, 아니 당황스러운 건
그때 반성과 지금 반성의 연속성이었다.
이것 또한 반복의 반복.

얼마 전 2년 전 일기장을 열어본 후,
'나 뭐 하고 사는 거지?'
그때나 지금이나 같은 걱정을 하고 있다는 사실에
내 자신이 한심하게 느껴졌는데,
그것과 크게 다르지 않았던 거다.

초등학교 때나,
2년 전이나,
지금이나.

나는 왜 별로 달라진 게 없는 걸까.
뭔가를 한답시고 요란 꽤나 떨었던 것 같은데...
갑자기 겁이 난다.

2년 뒤에도 혹은 먼 훗날에도
오늘을 꺼내보고
반복의 반복!

같은 생각만 하고 있을까 봐...

제 나이

'석아윤 나이'

연관 검색어에 떴더라고요.
사람들은 제 나이가 궁금한가 봐요.

하긴, 따로 생년월일을 공개하지 않았으니,
한 번쯤 검색해 볼 수도 있을 것 같아요.

내 나이가 부끄러운 건 아닌데,
괜히 너무 많은 걸 노출하고 싶지 않아서
나이를 표시하지 않았어요.

순간, 궁금해지네요.

내 나이가 몇 살일 거라 생각하면서,
간간이는 몇 살이기를 바라면서 찾아보는 걸까요.

나는 몇 살의 사람으로 비춰지고 있을까요?
제 나이답게 살고 있는 건지,
나이다운 말을 그리고 생각을 하고 있는 건지...

나, 어때요?

노해야

고등학교 2학년 때 특이한 일이 있었다.

5반에 소속되어 멀쩡히 한 달 이상 수업을 받고 있었는데,
교육 방침이 바뀌었다며 다시 반을 나누는 일이 일어난 것이다.

그래서 다시 짐을 꾸려 2반으로 옮겨야 했다.

그때 덩달아 담임선생님도 바뀌었는데,
우리 선생님은 이병재 선생님.

선생님과의 인연은 고3 때까지 이어졌다.
2년 동안 담임선생님이 같았던 거다.
그 덕에 선생님과는 유독 더 많은 추억이 있다.

기억에 남는 여러 일 중,
오늘 먼저 떠오르는 건...

선생님께서는 박노해 시인을 가장 좋아하셨는데,
그래서 딸 아이 이름도 '노해'라고 지으셨단다.

가장 좋아하는 것을 가장 아끼는 것과 연결하는 것.
그것이 의미부여겠지.

그 마음이 헤아려진다.

명명한다는 것은
곧 호흡을 실어주는 것.

모든 존재는 불릴 때 더욱더 살아나는 것 같다.

박노해 시인이
선생님의 딸, 노해를 통해 다시 기억되듯.

우리는 또 누구를 통해 다시 살 수 있을까...

우와!

흠잡기 좋아하는 친구가 있다.
식당에 가면
"맛있지? 맛있지?" 호들갑을 떠는 나와는 달리.

"짠데?"
"냄새나는데?"

그럼 나는 흥이 꺾인 것이 괘씸해
그 친구를 '네거티브의 여왕'이라고 놀려버린다.

어떤 교수가 TV에 나와
'감탄의 중요성'을 얘기하는 걸 들은 적이 있다.
그때 많이 공감하며 고개를 끄덕였었다.

마음에 일렁임이 없으면,
별 흥미가 없다.

'우와'가 있어야
'와우'도 있다.

'우와'는 '와우'와 짝지다!

답례

고마움에 대한 최적의 답례는
마음을 베푼 상대방이 허무하게 만들지 않는 거야.
그거면 돼.

이럴 줄 알았어

왜 이렇게
늦게까지 공부에, 일에 쫓기는 사람이 많은 건지...
더 정확히 말하면
먹고 사는 문제로 고민하는 사람이 많은 건지.

왜 이렇게
사랑의 밤보다는 이별의 밤이 많은 건지...

왜 이렇게
여기저기 다치고 아픈 사람이 많은 건지...

왜 이렇게
이유 없이 외롭다는 사람이 많은 건지...

왜 이렇게
그 말 한 번 못하고 가슴앓이하는 사람이 많은 건지...

왜 이렇게
숱한 밤을 생으로 지새우는 건지...

밤은 바쁘다.
그래서 내 이럴 줄 알았다.

'힐링'이 대세가 될 줄.

개명

석류?
정말 내 이름이 석류였다면 어땠을까?

부모님께서는 '석'이라는 희성에 걸맞게
흔치 않은 이름을 붙이고 싶어 하셨단다.
당시 우리 집 마당에는 석류나무가 있었는데,
아마도 거기서 착안하신 게 아닐까 싶다.

하지만 그 이름은 내 것이 될 수 없었다.
할아버지가 반대하셨던 걸로 아는데,
정확한 이유는 모르겠다.

그래서 나는 지은이가 되었다.
하지만 나는 지은이가 그리 마음에 들지는 않았다.

여기를 가도 지은, 저기를 가도 지은.
하다못해 한 반에 '지은A'가 있고, '지은B'도 있으니.

80년대 태어난 여자 아이의 이름 중에는
'지'로 시작하는 이름이 유난히 많다.
지은을 선두로
지연, 지현, 지윤, 지원...
아니면 뒤집어서 은지.

이름이 내 성에 차지는 않았지만
바꿀 생각까지는 하지 못했었다.

그러다 미뤄뒀던 용기를 냈다.
찜찜함을 털어버리기로.

그래서 나는 이번에는 아윤이 되었다.
이름도 마음에 들고, 덤으로 얻은 SAY도 좋았다.

왠지 나를 더 잘 대변해주는 것 같은 느낌이었으니까.

개명 후, 효과가 있냐는 질문을 자주 받는다.

사실, 그 전과 크게 달라진 건 없다.
하루아침에 벼락출세한 것도 아니고,
대단히 드라마틱한 일도 일어나지 않았다.

다만,
좀 더 가벼워졌다는 거?

어찌 보면 이름을 고친다는 건, 마음을 고친다는 것.
결국, 달라진 건 내 기분이고,
난 그거면 충분하다.

나이 든다는 건

나 잘난 것만 보다가
남 잘난 것만 보는 것.

시선이 이동한다.

그래서 행복이 잘 보이지 않는다.

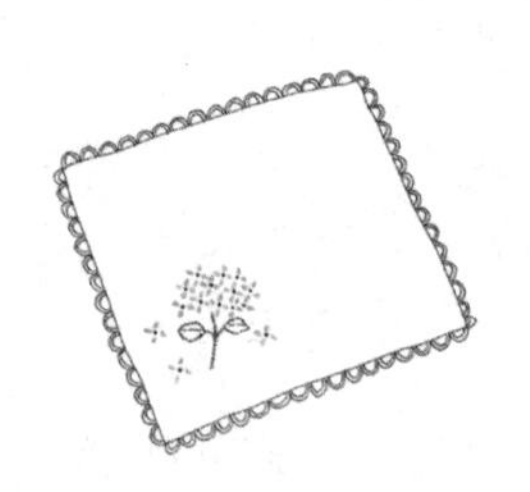

뒤태가 고와야지

난 시작만 잘 하는 사람은 별로야.

벌이는 것만 좋아하고,
마무리는 나 몰라라...
무책임해.

뒷모습까지 생각하는 사람이 좋아.
자고로 사람은 뒤태가 예뻐야 하는 것 같아.

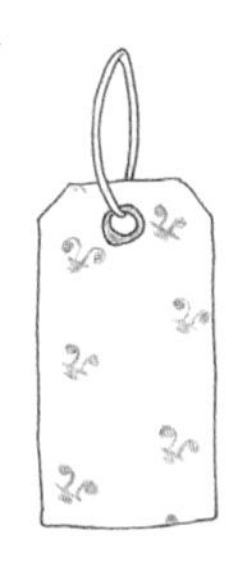

Haven't Met You Yet!

"사랑이 올까요?"
나에게 묻는다.

"Just Haven't Met You Yet!"
나는 대답한다.

그럼 또 묻는다.
"언제?"

"그건..."

이번에는 대답하지 못한다.
다만 확실한 건,

"Yet"

수줍은 소녀

뭐가 그렇게 수줍었는지 수줍음을 잘 탔다.

초등학교 6학년 때 여자가 되어가는 걸 느끼고
그걸 받아들이는 게 너무 어려웠다.

스스로 감당이 안 되어서
창피한 마음에 압박붕대를 샀었다.
둘둘 세게 감으면 감출 수 있을 거라고 생각했었으니까.
그렇게 꽁꽁 감추고 티가 안 나기를 바랐다.

오빠 친구들이 집에 놀러 오는 날이면
자발적 칩거에 들어가야 했다.
하루 종일 내 방에서 한 발자국도 나가지 못했다.

누가 가둔 것도 아닌데, 단순히 마주칠까 봐 그게 겁이 나서
화장실도 못 가고, 부엌에도 갈 수 없었다.
그 날은 텔레비전도 못 보고, 내 방에서만 조용히 있어야 했다.
오빠 친구들이 모두 돌아가면
그제야 밖으로 나와 한꺼번에 이것저것 볼일을 다 보았다.

목욕탕은 가야겠는데, 혼자 가는 것만 좋았다.
부끄러우니까.
그것도 목욕탕이 문을 여는 시간인 새벽 5시에.
그때 가면 사람이 거의 없으니까.
혼자 조용히 슬쩍 갔다가 슬쩍 오곤 했다.

그랬었는데…

언제부턴가 덜 수줍게 되었다.
숫기도 많아졌고, 사람 대하는 걸 덜 어려워하게 되었다.
남들은 나이 먹어 당연한 거라고 하던데...
가끔은 너무 과감해지는 건 아닌가 하는 생각이 들기도 한다.

괜히 때가 타는 것만 같고...
물론 수줍음과 순수함이 꼭 비례하는 건 아니겠지만...

수줍은 마음은 오래 간직하고 싶은 어여쁜 감정이다.

밤에 취하다

밤에만 달이 떠있다고 생각되지만,
사실은 낮부터 종일
달은 그 자리에 있다고 한다.

단지, 낮에는 보이지 않는 것뿐.

늘 깨어나 있는데도 우리가 몰라주는 것들이 있다.
그 중 하나, 소리.

24시간 째깍 째깍 시계 초침 소리도
밤이 되면 그제야 들려오고,

동네 강아지들 짖는 소리,
아기 울음인지 고양이 울음인지 헷갈리는 소리하며,
새벽녘의 부지런한 발소리까지...

소리가 잠을 깬다.

어둠이 내리는 시각이 되면,
모든 소리 통로가 열린다.

밤은 우리를 깨우고
우리는 무심 속에 놓칠 뻔했던 소리를 되찾는다.

재생

지금, 일시정지 중이에요.
플레이 버튼 좀 눌러줄래요?

경고

우르르 쾅쾅, 천둥!

번쩍, 번개!

성난 소리.
그 다음은 광분한 번쩍임.

그래도 소리가 먼저 온다.

소리는 경고!
경고 뒤에는 벌이 온다.

눈치 없이 소리를 알아듣지 못한다면,
종내에는 뜨거운 맛을 보게 된다.

9월 19일

나의 첫 방송을 돌이켜본다.

아침에 눈을 떴을 때 오늘 하루가 설렜나요?
밤에 눈을 감으면
오늘이 괜찮은 하루였다고 느낄 것 같으세요?

지금 당신이 있는 곳이
그 어디보다도 소중하다고 생각되나요?

선뜻, 그렇다고 대답하지 못하는 당신에게
제 목소리를 전합니다.

저와 함께하면
주변이 조금은 달라져 보일지도 모르니까요.

안녕하세요? 석지은입니다.
혹시... 낯선 목소리에 깜짝 놀라셨나요?
물론 놀라신 분들도 계시겠지만,
아직 눈치 채지 못한 분들도 더러 있을 것 같단 생각이 드네요.

〈잘 부탁 드립니다〉라는 노래 있잖아요?
그 노랫말처럼,
긴장한 탓에 엉뚱한 얘기 늘어놓을지도 몰라요.
그래도 한 번의 실수쯤은 눈감아주시고요.
칭찬은 고래도 춤추게 한다고 하잖아요.
감터 가족 여러분의 격려 속에 덩실덩실 춤추고 싶습니다.

오늘부터 저와 매일 밤 12시에 감성터치의 낙원에서
만나자고요.

9월 19일 감성터치 첫 곡입니다.
싸이와 이재훈이 함께 불러요, 〈낙원〉.

불감증

싱글이 외롭다고 말하는 건,
지극히 정상이야.

혼자인데 외로움을 못 느끼면
그게 더 이상한 거 아닐까?

잘 느껴야, 만족도 커질 수 있어.

둔해진 외로움은
새 연애에 장애가 될 뿐!

마음건강검진이 필요해

심야 라디오를 진행한 지 햇수로 8년째.
자정을 기준으로 살아오다 보니 자연히 드는 생각.

'우리 모두는 앓고 있다.'

어쩌면 얼마 후에는
건강검진 필수 항목에 '마음 체크'가 들어갈지도 모르겠다.

아픈 사람이 점점 많아진다.
그래서 라디오는 계속 건재하겠다 싶다.
특히, 심야방송은.
그건 다행이다.

오늘, 당신의 마음은 괜찮으신가요?

엄지가 말해준다

대뜸 깍지를 껴보란다.
양손을 맞잡았더니

"역시, 넌!"

배를 잡고, 웃는다.
뭐가 그렇게 웃긴 걸까?

설명을 들어보니,

내가 양손을 깍지 꼈을 때
왼손 엄지가 위로 올라왔으니
나는 '과정형'이란다.

그럼, 반대의 경우가 '결론형'이 되겠지.

텔레비전에서 본 거라며,
요즘 만나는 사람마다 시켜보는데
희한하게 맞아떨어진다고 한다.

어쨌든 우리의 경우도 맞았다.

나는 왼손 엄지,
친구는 오른손 엄지.

내가 자주 하는 말은 "어떻게?"
친구가 자주 하는 말은 "어쩌라고?"

거저는 없더라

실화를 바탕으로 한 영화를 좋아해요.
토크쇼를 좋아하고요.

그걸 보면
그냥 그 자리에 있는 사람은 없다는 걸 알 수 있거든요.

배경 이야기를 몰랐을 때는
한순간에 잘된 거라고만 생각했는데,
가만히 보니,
거저는 없더라고요.

과정을 보면 위로를 얻습니다.
그리고 희망을 찾습니다.

침묵요법

당신의 여자가 싸운 후 전화를 안 받나요?

그녀는 연락 안 되지.
그는 미치지.

그녀는 분명히 알고 있는 겁니다.

'침묵은 눈물보다 힘이 더 세다.'

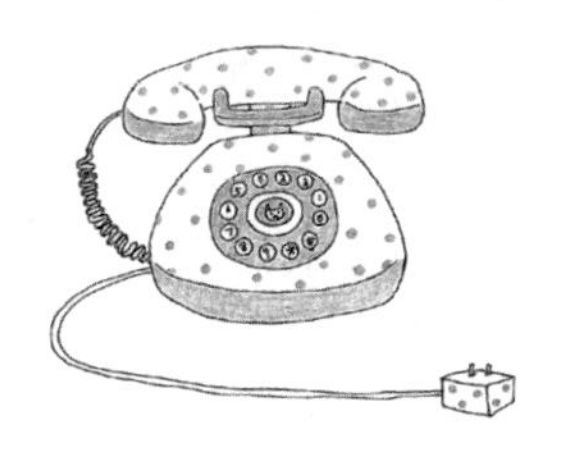

고백장려운동

생각해 보니 나는 고백 한 번 못해 본 사람이었다.

한 번쯤은 그래도 됐었던 것 같은데...
원체 수동적이기도 하고,
튕기는 게 여자의 미덕이라는 오래된 사고에 갇혀
지냈던 것도 같다.

그런 내가 방송에서는 고백을 권하고 있다.

'고백장려운동'

짝사랑으로 앓고 있는 이에게,
다시 시작하고 싶어 하는 이에게.

서슴지 말고 속 얘기를 하라고 종용하고 있다.

어떻게 보면 맞지 않을지도 모르겠다.

'과연 내가 고백 전의 그 떨림, 두려움, 무서움을
오롯이 이해하고 있는 걸까?'라는 물음을
스스로에게 던져본다.

'부족하지는 않을까?'

그렇다고 해도 결론은 달라지지 않는다.

고백은 자고로 해야 맛이다!

나는 DJ다

비가 좋다.
비가 내는 마찰음이 좋다.
많고 많은 부딪히는 소리 중 유일하게 듣기 좋은 소리.
하지만 나는 비 오는 날 마음껏 좋아하는 티를 낼 수 없다.
불편해하거나 싫어하는 사람도 있으니까.

눈이 좋다.
Eric Benet의 〈The Last Time〉을 듣고 싶게 만드니까.
눈의 품어주는 느낌이 좋다.
하지만 나는 눈 오는 날 마음껏 좋아하는 티를 낼 수 없다.
불편해하거나 싫어하는 사람도 있으니까.

매일 하루 중 두 시간은

난

가운데 서있다.

당신이 결혼하지 못하는 이유

갖고 있는 건 보지 않고,

갖고 싶은 것만 보는 건 아닌지...

우리가 잊고 사는 보편적 진리

알면 쉽고, 모르면 어렵다.

Let Me In?

이엘리가 말합니다.
"들어가도 되니?"

오스칼이 대답합니다.
"묻지 말고 그냥 들어와."

다시 이엘리가 말합니다.
"우리는 초대하지 않으면 들어갈 수 없어."

오스칼이 그 말을 받습니다.
"초대할게 들어와."

스웨덴 영화 〈Let Me In〉 중 한 장면입니다.

들어가고 싶으면,
그렇게 문 앞에 가만히 서있지 말아요.

들어가도 되냐고 소리도 내보고,
문이라도 두드려 봐야죠.

문 밖에 넋 놓고 서있기만 하면,
누가 그냥 알아준대요?

안에서는 문 밖의 당신이 보이지 않습니다.
내가 여기 있다고,
그쪽으로 가고 싶다고.

표현하세요.

교집합

공통점이 있으면 처음에 금방 친해진다.

같은 꿈
같은 관심사
같은 취향

"나도, 나도!"

연신 외치는 맞장구 속에 이미 우리는 인연이다.

하지만,
같은 이유로 멀어질 수도 있다.

교집합이 커지다 못해 하나로 합쳐지면
내가 상대를 못 보고,
상대가 나를 못 보는 일이 생기기도 한다.

아니면,
합쳐졌으니 내가 너이자, 네가 나라는 오버된 생각에
말 그대로 오버하는 경우가 생기기도 한다.

그저 믿거니, 알아주겠거니 하는 마음에
함부로 대하는 무례를 범하게 된다.

아무리 잘 통한다 해도,

두 사람은 둘이다.
하나가 아니다.

그냥 좀 인정하자.
그 편이 더 낫다.

Selfish

나 오늘 뭐 했어.
나 오늘 이거 하고 싶어.
나 오늘 그거 먹을래.
나 오늘 아파.

야!
'나' 말고 '너'일 수는 없는 거니?

너 오늘 뭐 했어?
너 오늘 뭐 하고 싶어?
너 오늘 뭐 먹고 싶어?
너 오늘 안 아파?

너는 나를 궁금해 하고,
나는 너를 궁금해 하면 되는 거야.

이게 어려워?

바쁜 남자는 없다

혹시 지금 당신이 만나고 있는 남자가 이런 남자인가요?

밥도 안 먹는 남자.
화장실도 안 가는 남자.

사실 알고 보면,
그 남자는...
바쁜 남자가 아니다.

더는 날 사랑하지 않는 남자일 뿐.

천만에요

다음엔 안 그럴게.
다음부턴 잘할게.

글쎄...
다음이 있을까?

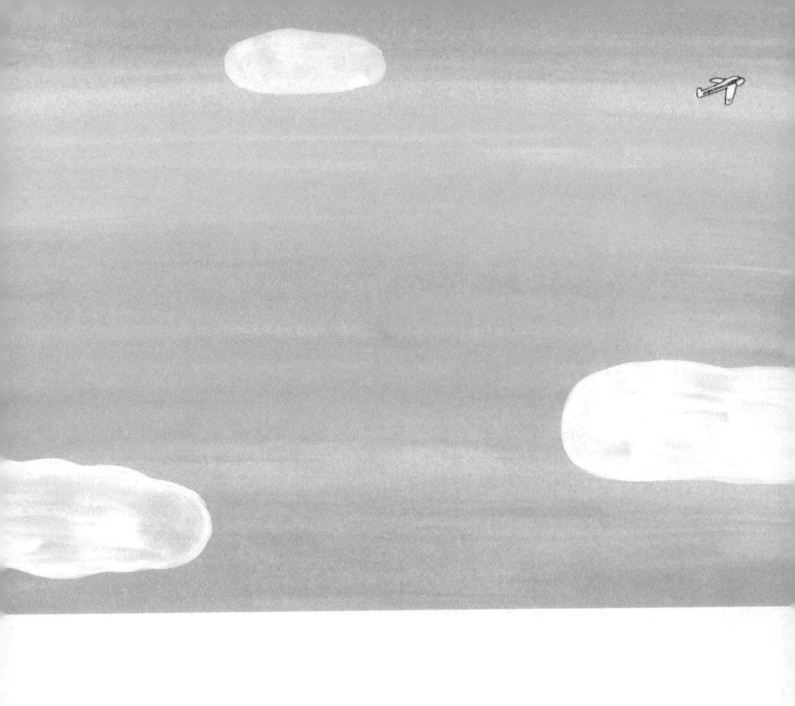

‘ㄹ’이 맞습니다

*이별 ing 코너 BGM 흐르고...

안녕하세요?
저는 어디 살고 있는 ooo입니다.
얼마 전 이별을 했습니다.
사실, 그 사람이 곁에 있을 때는 그 사람의 소중함을 몰랐어요.
그런데 이렇게 헤어지고 나니...
그 사람의 빈자리가 너무도 그립습니다.

방송이 끝나고, 전화를 한 통 받았다.
열심히 모니터 해주던 누군가가 말하기를...

"그 이별 사연, 정말 그런 사연이었어?"
"응! 왜?"
"그런 내용 심의에 안 걸려?"
"심의 걸릴 게 뭐 있어?"
"그 여자 그게 왜 그립대?"
"응? 무슨 소리야?"

방송을 다시 들어보고 나서야
누군가가 한 이야기를 정확히 이해할 수 있었다.

그 사람의 빈자'리'가 그립다던 그녀를...
나의 발음 실수로 다른 것을 그리워하는 여인으로 만들었으니...

'ㄹ'과 'ㅈ'의 차이는 매우 컸던 것이다.

감성터치는 성감터치가 되었고,
그렇게 나는 한 명의 귀한 청취자를 잃어버렸다.

여자들은 궁금하다

여자들이 가장 궁금해 하는 것.
진짜냐 가짜냐.

'저 가방 진짜일까?'
'저 얼굴 진짜일까?'

그리고...

'그의 마음, 진짜일까?'

나아가 하나 더.

'우리, 진짜 헤어진 걸까?'

풀잇법

학교 다닐 그 시절.

선생님께서는 열이면 열,
늘 이걸 강조하셨어.

"아는 문제부터 풀어라."

모르는 거 붙잡고 시간 다 보내지 말고,
아는 것부터 빨리 풀고 넘어가라는 거였지.

그 시험 문제 풀잇법이
결국은 인생 풀잇법이더라고.

모르는 거에 매달리며 헤매지 말고,
그러다 시간 다 보내지 말고,

잘 알고 있는 것부터 다루는 게
현명한 방법일 것 같아.

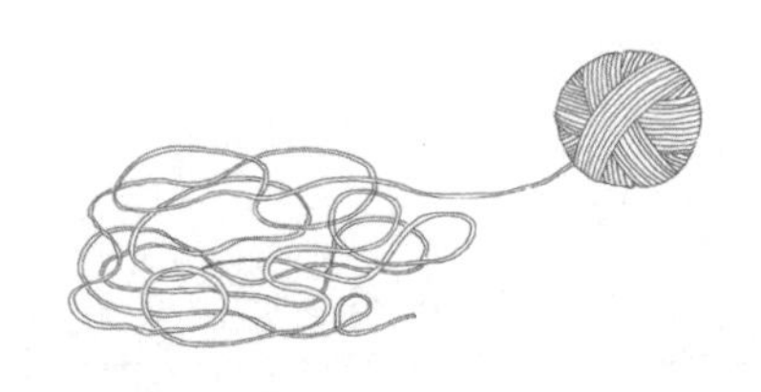

허기지다

늘 허한 거 하나,

기회.
기회가 고프다.

다된코 증후군

하나의 트라우마가 있다.
하도 이상스러워서 이름까지 만들었다.

'다된코 증후군'

풀이를 하면, '다 된 밥에 코 빠뜨리기 증후군'

마지막에 코를 있는 대로 빠뜨려 일을 그르친 적이 많다.
어떤 시험을 보거나 일을 할 때 목전에서 놓친 경우가 허다하다.
그때의 그 허탈함이란...
말로 표현이 되지 않는다.
그래서 이제는 어떤 일을 진행할 때 덜컥 겁부터 먹게 된다.

'이러다 또 끝에 안 되는 거 아니야?'

나에게는 왜 이렇게 뒷심이 부족한 건지...
왜 이 트라우마에서 벗어나지 못하는 건지...

누군가는 말할지 모른다.
어차피 안 되는 거면
처음에 안 되나 끝에 안 되나 마찬가지 아니냐고...

그렇게 말하는 사람은
적어도 이 지긋지긋한 '다된코 증후군'을
경험해 보지 않았을 거다.

이미 지나가버린 버스를 놓치는 것과
버스를 눈앞에 두고도 놓쳐버린 아쉬움이 같을까.

이 몹쓸 증후군 때문에 한 가지 습관이 생겼다.
일이 완성되기 전에는 절대 미리 이야기하지 않기!

쉿!

❀

망신학습

네... 문자 소개해드릴게요.

뒷번호 ○○○○님!
'야근하며 방송 잘 듣고 있습니다. 참! AS로마 파이팅!'

아~ ○○○○님
피곤하시겠어요. 오늘도 수리하실 물건이 많은가 봐요.
AS 잘하시고요.
(격하게, 해맑게) 아자아자 파이팅!

이런... 망신살이 세~~~상 뻗쳤다.

오늘의 깨달음.
'한 번의 창피가 열 번의 암기보다 낫다!'

무지에 이만한 특효약이 있을까.
이 날 이후에도 여전히 스포츠 관련 지식이 부족한 나지만,

'AS로마'만은

절대로 잊지 않는다.

사랑한다면

유부남을 사랑하는 한 여자,
그런 그녀를 사랑하는 한 남자.

그 한 남자는
다른 남자 때문에 가슴앓이로 병이 난 그녀를 간호한다.
그러다 조용히 잠든 그녀의 팔목에 손가락 글씨를 쓴다.

'I Love You'

영화 <Two Lovers>의 한 장면.

사랑한다면...
손끝은 아무 힘이 없다.

입술 끝으로,
혀끝으로.

말을 하라.

연애 습관

어떤 사람을 만나야 행복할지 잘 알고 있다.
우리는 모르지 않는다.
그런데 왜 후회하는 만남을 반복하고,
연이은 상처에 눈물짓는 걸까.

이것과 같지 않을까?

무엇을 먹어야 몸에 좋은지 알고 있으면서,
지키게 되지 않는 거.

싱거운 게 몸에 좋은지 잘 알지만,
자꾸만 짜고 매운 자극적인 음식이 당긴다.

건강에 좋다는 건 먹고 싶지 않고,
반대의 것은 먹고 돌아서면 또 생각난다.

목이 타고, 속이 아프고, 화장실을 들락날락하면
그제야 조금 반성하지만, 돌아서면 금세 잊어버린다.

이미 MSG와 갖은 양념에 길들여진 혀인데,
순수 아기 때로 돌아간다는 게 쉽지는 않은 일이다.

그런 면에서 식습관과 연애 습관은 닮아 있다.

지난번에 아무리 호되게 당했다 해도 다음이 되면,

'덜 데었나?'

라는 생각이 들 정도로 또 어리석은 선택을 하고야 만다.

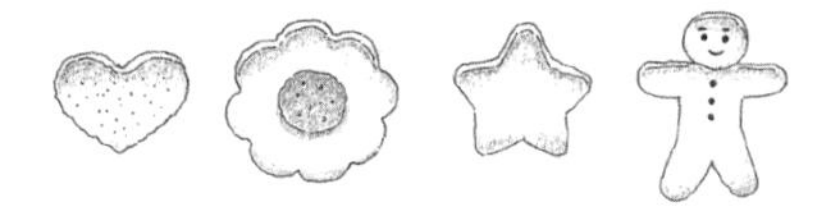

왜 그럴까?

왜!
다이어트만 결심하면 밥 사준다는 사람이 많아지는 걸까?

왜!
다이어트에 성공하면 보여줄 일이 안 생기는 걸까?

왜!
예쁜 옷을 사두면 입을 일이 안 생기는 걸까?

왜!
애인만 생기면 사람이 꼬이는 걸까? 하다못해 과거의 사람까지.

왜!
나 외로운데, 무지 한가한데 그냥 놔두는 걸까?

도대체 왜 그런 걸까?
정말...

이러기야?

어디 가시면 안 돼요

내가 진짜 좋아요?
그럼, 곁에 그대로 있어줘요.

그런데
그 마음, 아니라면...

어디 가셔도 돼요.
어서 가세요.

heart

01: 00 a.m.

라이너 마리아 릴케 〈이웃〉 중.

낯선 바이올린이여, 너는 어찌 내 뒤를 쫓는가?
머나먼 타향의 여러 도시에서 벌써 얼마나
너의 쓸쓸한 밤은 나의 밤에게 말을 건넸던가?
수백의 사람이 너를 켜는가, 한 사람이 켜는가?

네가 아니라면 벌써 강물에 몸을 던졌을
그 얼마나 많은 사람이
대도시마다 지금도 살고 있는가?
네 소리는 어찌 이리도 나의 가슴을 치는가?

나는 왜 언제나 너로 하여 불안스레
'삶은 모든 사물의 무게보다 더 무겁다'고
노래하고 말하도록 하는 사람들의 이웃이어야 하는가.

우연히 접한 이 시,
왜 심야 라디오의 정서가 느껴지는 걸까.
재밌는 생각을 했다.

릴케가 '심야 라디오 DJ'였다면 어땠을까?
모르긴 몰라도 꽤 잘했을 것 같다.

라디오가 보급되기 전인 릴케의 시대에는
시인이 곧 라디오 DJ이지 않았을까?

'너의 쓸쓸한 밤은 나의 밤에게 말을 건넸던가?'

내가 가장 좋아하는 구절이다.

네가 말을 건네지 않아도 괜찮다.
내가 먼저 건네면 되니까.

나의 밤과 너의 밤은 이렇게 통하고 있다.

그래서 우리는 이웃이다.
라디오 이웃.

내가
"뭐 먹고 싶어? 이 중에 골라 봐요."라고 물었을 때,
처음 얘기하는 게 본마음일 때가 많아요.

음... 예를 들어
한식, 중식, 양식.
이렇게 보기를 말했다면,
나의 답은 첫 번째인 경우가 많아요.

있잖아요.
좋아하는 사람에게는 자꾸 '나'를 말하고 싶어져요.
그리고 당신이 나를 맞힐 수 있게끔 힌트를 말하게 돼요.

힌트, 원해요?
전화 찬스도 가능하답니다.

그대,

스무 고개 넘어 내게 올래요?

그 여자 작사

고정게스트로 출연하던 작곡가가
작사해볼 생각이 있냐고 했던 말이 동기가 되었다.

평소 라디오를 진행하면서 선곡을 직접하고 있었기에,
미리 해둔 생각이 여럿 있었다.

'이런 가사의 노래가 있으면 좋겠다.'
'왜 이런 노래는 없는 거야.'

그렇기에 더 잘할 수 있을 것 같아서 뛰어들었는데
막상 해보니 생각과는 영 달랐다.

'영역이 다르구나.'

말을 하는 건 편한데, 노랫말을 쓰는 건 편하지가 않았다.

하고 싶은 말은 많은데,
어떻게 줄여서 어떻게 풀지 정리가 안 됐다.

첫 도전은 원주 오빠의 3집이었다.
감사하게도 원주 오빠가 기회를 주셨고, 정말 잘하고 싶었다.

미숙함에 욕심이 더해지니 자꾸만 엉뚱한 방향으로 흘러갔고,
결국, 원주 오빠의 대대적인 개보수 끝에 완성되었다.

나원주 3집 8번 트랙, 〈My Everything〉

그리고 후에 원주 오빠의 소개로
인성 씨의 노래 두 곡을 더 썼는데,
다행히 〈그래그래〉라는 곡이 얼마 전에 싱글로 발표되었다.

개인적으로 슬픈 발라드 곡이 더 마음에 들어
먼저 나오기를 바랐는데,
그건 연기되었다.

그렇게 나는 작사가를 꿈꿨고,
부족하게나마 그렇게 되었다.

아무도 몰라

남녀 사이의 일은 둘만 아는 거라고?
아니,
그 둘도 모를 수 있다...

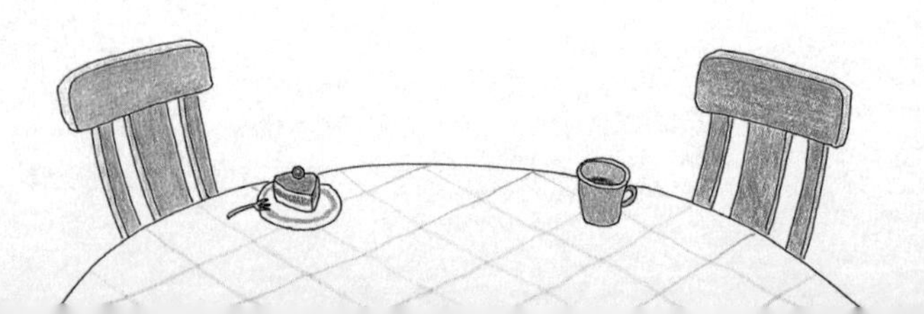

끝까지 코미디

웃긴 영화를 좋아합니다.

극장을 찾아 정신없이 웃고 나오면
기분이 좋아지거든요.

웃음 사우나!
웃기는 막에라도 들어갔다가 나온 것처럼
속이 다 시원합니다.

가끔, 이런 경우는 빼고요.
끝까지 코미디가 아닌 경우요.

웃긴 영화인데,
느닷없이 중간에 슬픈 이야기가 나오면...
그건 좀 별로예요.

제 입장에서는 일종의 돌발 상황인 거죠.

코미디는
끝까지 코미디였으면 좋겠어요.

하나가 기본

하나가 곧 열이라고 생각하는 편이다.

그래서
사람을 볼 때도 그럴 때가 많다.
더러 오판하는 경우도 있지만,
나는 그런 편이고, 고수하고 있다.

예를 들어
대학교 때 쉬는 시간에 홀로 칠판을 지우는,
그것도 양팔에 온 힘을 실어
정성스럽게 칠판을 지우는 학생을 보고,

'사람, 괜찮겠네.'

생각했었다.

한 토크쇼에 출연한 덩치 큰 남자 게스트가
다리를 가지런히 모으고 앉아 있는 걸 보고,

'사람, 괜찮겠네.'

생각했었다.

곧 '괜찮겠네'는 '괜찮네'라는 확신으로 바뀐다.
물론, 일부가 정말 일부일 수도 있겠지만,

그 일부마저 없다면,
전체에 대한 관심은 애초부터 없는 거다.

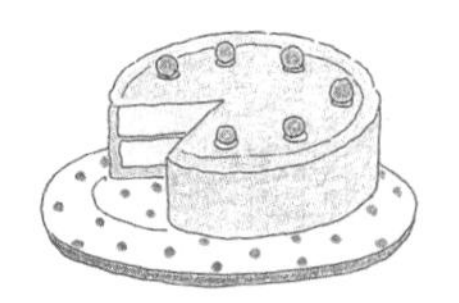

어색한 순간이 있다

있잖아.
난 그게 그렇게 쑥스럽다.

나 여기 있고, 너 거기 있고.

횡단보도를 가운데 두고 마주하고 있을 때,
그땐 뭘 해야 할지 모르겠어.

차라리 신호라도 빨리 바뀌면 나을 텐데...
건너기 직전까지 뭘 하면 좋을까?

모르는 척 땅만 보고 있을 수도 없고...

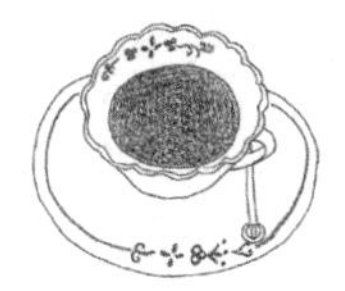

여자와 담배

"그래. 약속한 거다. 진짜 담배 끊는 거야."

"그럼! 당연하지. 두고 봐. 내가 진짜 끊는다."

나중에 결과적으로 끊김을 당하는 건 담배가 아닌, 나.

여자와 담배와의 전쟁에서
여자가 이기는 경우는 극히 드물다.

그런데도.
자신이 이긴 줄 아는 여자들이 꽤 많다.

초능력자

늦깎이,
때를 두려워하지 않는 것도 능력입니다.

장수생,
꿈을 오래 쥐고 있을 수 있는 것도 능력입니다.

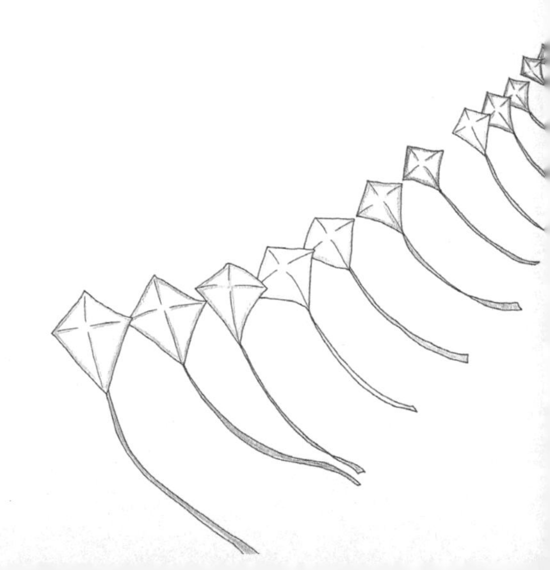

믿어 의심치 않아

베키는 원래 지방방송국 PD였는데
어느 날 해고라는 날벼락을 맞게 된다.
그래도 다행히 메이저 방송국으로 다시 들어가게 되는데...

영화 〈굿모닝 에브리원〉은 그렇게 시작한다.

사실 영화를 보고 나서 크게 기억에 남는 것은 별로 없었다.
인상적인 장면이라든가
다시 보고 싶은 장면이라든가...
그런 건 없었다.

다만, 말 한 마디는 남았다.

폐지 직전의 프로그램 〈데이브레이크〉를 맡으며 베키가 했던 말.

"〈데이브레이크〉는 저와 같아요.
가능성을 믿어줄 사람이 필요하죠."

이 영화를 봤을 당시의 내 상황이나 심경이 기억나지는 않지만,
속으로 "나도 나도"를 외쳤던 것만큼은 또렷이 생각난다.
그리고 동시에 떠오르는 노래, 이한철의 〈슈퍼스타〉.

'널 믿어 의심치 않아.'
좋아하는 노랫말이다.

믿는다는 말도 좋은데,
의심까지 배제하니,
힘이 더 실린다.

세상에 수많은 위로의 말이 있겠지만,
이 표현이 주는 힘은 단연 최고다.

네가 (   ) 믿어 의심치 않아.

빈 칸에 어떤 내용을 적든,
내가 바라는 나의 모습에 긍정의 신뢰로 화답해주는 사람.

우리에게는 그런 사람이 필요하고,
우리 역시 그런 사람이 되어줘야 한다.

'오~~ 이거 괜찮은데?'

거울 앞에 서서 옷걸이째 들고 몸에 대본다.

'괜찮은 것 같아.
사이즈도 잘 맞을 것 같고,
색깔도 내 피부에 잘 맞고...'

머릿속으로 그려보면,
딱 내 옷이다 싶다.
내가 임자!

'내 거, 내 거'

그래도 안전제일!
입어보기로 한다.

'안에 거울이 있으면 참 좋겠는데, 없네.'
나와서 순식간에 거울 확인.

'앗! 얼른 벗어야겠다. 눈대중이 그렇지 뭐...'

머릿속 그림이 항상 실제와 일치하지는 않는다.

우리가 하는 사랑도 마찬가지 아닐까?

'우린 제법 잘 어울릴 거야.'

머릿속에서의 연애가 더 행복할 수도 있다.

꿈만 같아

음악을 전혀 모르던 내가,
라디오를 듣지 않던 내가,
밤 12시 되면 잠들던 내가.

그런 내가.

매일 밤 12시에 FM 음악 프로그램 생방송을 하고 있다.

지금의 내 모습을 꿈꾼 적은 없었다.

그러니 지금의 내 모습은
그야말로 말도 안 되는 꿈같은 모습이다.

전에 어떤 어르신이 말씀하시기를,

"돌아보면 내가 의도한 것보다 그렇지 않은 게 더 많은 것 같아.
미리 정해진 길이라도 있는 것처럼 어떤 흐름이 있었거든.
그래서 운명을 믿게 되었지."

그 말이 떠오른다.

이제는 그 말이 조금은 이해된다.

호불호의 진짜 기준

"아윤아 잠깐 커피 한 잔 마실래?"

어느 주말 밤, 친구가 동네로 찾아왔다.

"나 전에 소개팅 했다고 했잖아.
착하고, 학벌도 좋고, 집안도 좋고, 능력도 있고 다 좋은데...
한 가지가 걸려서 그게 진짜 고민이야. 키가 너무 작아.
내가 굽 있는 거 신으면 나보다도 작은 것 같아.
아무래도 그만 만나야 할 것 같아."

"그래? 키가 그렇게 작아? 그래도 다른 건 다 괜찮다며?"

"응... 근데 키가 작으니 안기고 싶은 마음이 안 들어."

"남자로 안 느껴지는 거구나."

몸이 거부하면 어쩔 수 없다.

키 외에 뭐 하나 빠지는 거 없는 그라고 해도
친구에게 '좋은 사람'은 맞았지만,
'좋은 남자'는 아니었던 거다.

실은 단순히 키가 작아 안기고 싶지 않은 것이 아니었을 거다.
문제의 핵심은 이성적인 호감이 안 생긴다는 것!

좋으면 다 좋은 거고, 싫으면 다 싫은 거다.
더 이상의 군더더기는 필요 없다.

좋으면 열 가지 부분이 걸려도 안고 가는 거고,
싫으면 단 한 가지만 걸려도 포기하게 되는 거다.

우리는 그렇다.
마음에 들면 단점도 장점으로 예쁘게 포장하고,
마음에 들지 않으면 눈에 불을 켜고 흠을 찾는다.

만약 그 남자가 친구 마음에 들었다면
얘기는 완전히 달라졌을 것이다.

"소개팅 잘 했어?"

"어!! 아윤아. 나 소개팅 한 사람 착하고, 학벌도 좋고,
집안도 좋고, 능력도 있고 다 좋아."

"그래? 키는?"

"음... 귀여워."

"이거 맛있어요?"

뭐 하러 그런 뻔한 질문을 하냐고 타박이다.
네가 식당 주인이면 맛없다고 하겠느냐고 쏘아붙인다.

뻔한 질문 맞다.
그리고 돌아올 뻔한 대답도 알고 있다.

'그래도 묻고 싶은 걸 어떡해...'

난 들어야겠다.
뻔하더라도,
그래야 마음이 놓이는 걸 어쩌겠어.

속설과 현실

구두를 선물 받은 친구에게 말했다.

"구두 선물은 하는 게 아니라던데...
도망간다잖아. 헤어진다던데?"

친구는 씨익 웃으면서 나지막이 말했다.

"뭐가 됐든 안 사주면 도망가는 거야."

수긍가

우리 집 여섯 마리의 강아지를 보면서 느낀 건데,

다 달라!

성격이 제각각이다.
서로 잘 맞는 사이가 있는가 하면
늘 이빨을 드러내고 으르렁거리는 사이도 있다.

동물도 이런데,
사람도 당연한 거겠지.

모두와 잘 맞을 수는 없다.
'쿵'하면 '짝'하고 잘 맞는 관계도 있고,
주는 거 없이 싫은 관계도 있다.

내 마음과 같기만을 바란다면
그건 욕심일지도 모른다.

수긍하자.
차이를 받아들이면 사이는 좁혀진다.

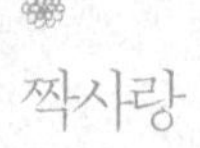

짝사랑

먼저 가는 것은 언제나 마음이다.

이제, 한 발만 앞으로 내밀면 된다.

악몽

"12시를 알려드립니다."

'땡~'

On Air에 빨간불이 들어왔는데,
목소리가 안 나온다.
빨리 오프닝 멘트를 해야 하는데,
마이크 이상도 아니고,
목소리가 먹통이다.

등에 땀이 난다.
할 수 없이 급한 마음에 첫 곡을 틀기 위해 AF 페이더*를 올리는데
음악도 나오지 않는다.

어떡하지? 시그널은 다 끝나 가는데...

아…
다행히 꿈이다.
정말로 등에 땀이 흥건하다.

방송을 한 지 벌써 7년이 넘었는데,
아직도 가끔 이런 악몽을 꾼다.

그 어떤 종류의 가위보다도 몇 곱절은 더 무서운 꿈이다.

* AF 페이더(Auto File Fader) : 오디오 파일의 음향 조절 장치

말의 체질

만약 말에도 체질이 있다면,
일단 굉장히 살이 잘 찌는 체질일 것 같다.

예쁜 말 많이 듣는 사람은
점점 예뻐진다.

나쁜 말 많이 듣는 사람은
점점 나빠진다.

곱게 찌워 주세요!

Balance

또?
그래. 또!

이번에도 스킨이 먼저 떨어졌다.
로션과 보조를 맞춘다고 맞췄는데,
또 이렇다.

스킨과 로션을 동시에 다 쓰고, 똑같이 새로 사고 싶은데...
그게 그렇게도 잘 안 된다.
그래서 나의 화장품 사용 속도는 늘 짝짝이다.
마치, 샴푸와 린스처럼.

중간 중간 얼마나 남았는지 따져가며 조절해 쓰는데도
번번이 실패하고 만다.

늘 부족한 스킨,
늘 넘치는 로션.

늘 빠른 스킨,
늘 느린 로션.

나와 너를 닮았다.

라벨링

누구나 이름 뒤에 따라붙는 두 번째 이름에 연연한다.
두 번째 이름은 곧 라벨.

사람에게도 라벨이 있다.

'나'라는 브랜드는 무엇인지,
나를 취급할 때 주의 사항은 무엇인지,
나의 가격은 얼마인지.

누구에게나 원하는 라벨이 있다.
그걸 달고 시장에 출시되고 싶어 한다.
그래서 오늘도 열심이다.

멍!

느지막이 늘어지게 자고 일어났더니,
카카오톡 단체 대화창에 100여 개의 문자가 쌓여 있다.

쭉~ 내려 살펴보니,

웃자고 하는 얘기,
그 웃자고 하는 얘기에 죽자고 달려드는 얘기.
언제나 우리의 대화는 그렇다.

더 내려가다 보니,

'내가 옛날에 걔 자취방에서 걔 친구들까지 다 밥해 먹이고,
설거지하고 빨래하고 보약 사다 먹이고 그랬는데...
지금 딴 여자가 호강하잖아. 여바닫써!'

그녀는 그 생각만 하면 여받는단다.
(*"여바닫써."는 "열받았어."를 속사포로 발음해 'ㄹ'이 탈락된
형태로, 우리만의 은어다.)

그래서 머리 검은 짐승은 거두지도 말랬다느니,
헌신하면 헌신짝 된다느니
분노의 대화가 한창이었다.

하지만 원래 그런 것!

살다보면...

죽 쒀서 개 주기도 하고,
남이 쒀 놓은 죽이 내 차례가 되기도 하고.
그럼 또 그땐 내가 누군가의 입에 멍멍이로 오르내릴 수도 있고...

좋은 자리

모든 자리는 좋은 자리부터 채워진다.

한강에 가면
강이 보이는 앞쪽은 보통 만차.

강의 시간, 회의 시간.
그때는 뒤부터 채워진다.

"앞으로 와."

외치는 이가 있어봤자,
뒤와 옆부터 채워진다.

다들 꾀가 보통이 아니니까.

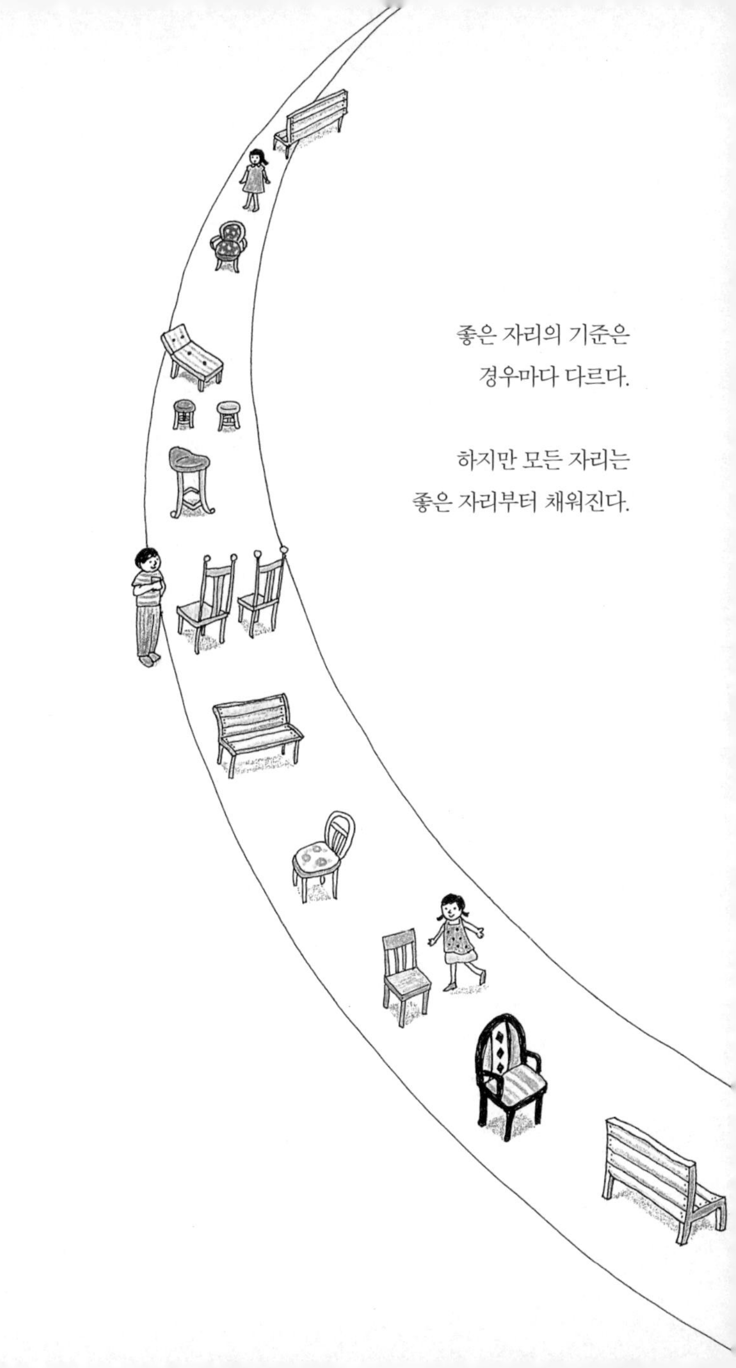

좋은 자리의 기준은
경우마다 다르다.

하지만 모든 자리는
좋은 자리부터 채워진다.

그냥이 어디 있으랴

차라리 조건을 따지는 게
선택하기 더 쉬울지도 모르겠다는 생각을 한다.

그냥 마음에 드는,
그냥 느낌이 오는,

그냥은

쇼핑도 어렵고,
연애도 어렵다.

그러지 마

욱해서 홧김에 한 이별은
충동적으로 자른 머리와 같다.

꼭 후회한다.

경험하다

모든 경험?

뭐든 경험!

버릴 경험은 없다.

손가락이 못 생겼다

프로필 사진을 촬영하는데,
작가님의 주문.

"자! 손 한번 살짝 턱에 대볼까요?"

시키는 대로 한다.

"자! 손은 됐고요."

촬영이 끝난 후,

"혹시 피아노 전공했어요?"

"아니요."

"아..."

나는 손이 예쁘지 않다.
굉장히 작고,
관절 꺾는 버릇이라도 있는 것처럼 마디가 굵다.
그런 거 안 했는데...

특히, 새끼손가락은 정말 못난이다.
약지의 2/3 정도의 짧은 길이에
햇빛 좇는 식물마냥 휘기까지 했다.

확실히 예쁘지는 않은 새끼손가락이지만,
내 마음에는 쏙 든다.

닮았으니까.
인증이니까.

나의 새끼손가락은 아빠의 새끼손가락과 똑같다.
판박이다.

이정표 만들기

누구나 이런 생각 한 번쯤은 하겠지.

'내 길이 아닌가?'

처음부터 내 길은 없다.

금기

이별 후 절대 떠올리지 말아야 할 한 음절.

왜?

약속

오후 4시만 되면 종이 울린다.
골목 저 끝에서부터 들려오는 맑은 소리, 고운 소리.
그럼 난 서둘러 뛰어나간다.
마치 '파블로프의 개'라도 된 것 마냥, 조건반사!

오늘도 나가보니, 역시 틀림이 없다.

"안녕하세요? 두부 한 모 주세요."

아저씨는
노란색 두부판을 열어
날이 무딘 칼로 숭덩숭덩 잘라내 하얀 비닐봉지에 담아주신다.
뜨끈하고 부드럽다.
그 느낌이 참 좋다.

오늘은 내친 김에 달걀도 10알 사본다.

우리 동네 두부 장수 아저씨는
일요일 단 하루만 빼고,
매일 4시에 우리 집 앞을 지나가신다.

4시의 종소리는 약속이다.
그 약속은 무조건 지켜진다.

약속은 지켜져야 한다.

올 사람은 제때 와야 하고,
만날 사람은 제때 만나야 한다.

이름값

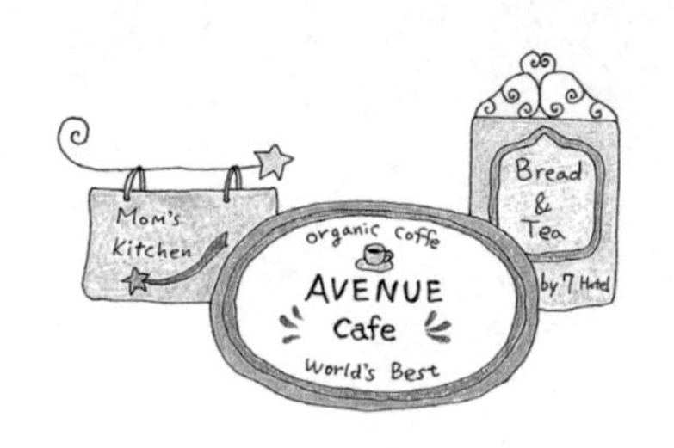

맛있다고 소문이 자자한 곳인데,
맛이 없다.
희한하다.

유명한 곳이라 일부러 찾아갔는데,
별 거 없다.
희한하다.

괜한 발품 팔았다는 생각이 들 때가 한두 번이 아니다.

유명세는 유명세일 뿐일까?

그래도 그렇게라도 희한한 게 더 나을지도 모르겠다.

이름값도 치르지 못한 채
그냥저냥 사그라져버리는 건 너무 슬픈 일이니까...

위기관리

탄산음료를 마시면,

곧바로 양치를 해야 치아손상을 막을 수 있다?

정답은,

X

30분 정도 지난 뒤에 해야 한다고 한다.

바로 양치를 할 경우,

치아가 더 심하게 마모된다고 한다.

잠깐 멈추는 것이 어쩌면 가장 좋은 위기관리일지도 모른다.

살다가 어려움을 겪었다면,

당분간은 그대로 있어도 될 것 같다.

급히 무마하려다가

도리어 일을 그르칠 수도, 상처가 더 깊어질 수도 있다.

위험한 고비를 넘어야 할 때는

쉬어가자.

너의 유산

이상하다.

아무리 생각해도
널 왜 좋아했는지 기억나지 않는다.

다만 확실한 건,

지금도 여전히
웃는 것도 웃지 않는 것도 아닌,
특유의 네 표정이 생각난다는 거.
대체 무슨 생각을 하는 건지 도무지 알 수 없는 묘한 표정.
그게 생각난다.

그리고 그 얼굴이 떠오르면,
잘 지낼지 궁금해진다는 거.

너는 가고 없다.
네가 남긴 것들은 여기 있다.

알아주길

책상 위에 놓여 있는 CD 한 장.

《나무로 만든 노래》

이적의 3집이 나왔다.

'와~'
새로운 틀 거리가 생겼다는 기쁨에
미소가 절로 지어졌다.
이적 씨는 심야 라디오가 유독 사랑하는 뮤지션 중 하나니까.

12곡을 하나하나 다 들어보는데,
나는 이상하게 타이틀곡 〈다행이다〉보다는
나머지 11곡이 더 좋았다.

당시 〈다행이다〉의 인기는 대단했다.
왠지 나만 탈선한 듯한 느낌?
나를 빼놓은 나머지 모든 사람이 좋아하는 것 같았으니까.

매일매일 노래 신청은 쇄도하는데,
그렇다고 같은 노래를 매번 틀 수도 없고...
그래서 신청곡으로 〈다행이다〉가 들어와도
다른 노래를 선곡하곤 했다.
주로 〈같이 걸을까〉

레스토랑에 가면,
"오늘은 다른 추천 메뉴도 좀 드셔보시죠?"
하는 웨이터의 마음이었다고나 할까.

그렇게 자주 선곡했지만, 별 반응은 없었다.

그런데 한참 뒤,
난데없이 〈같이 걸을까〉를 신청하는 문자가 많이 들어왔다.

'이게 무슨 일이지?'

〈같이 걸을까〉가 무한도전에 배경음악으로 나왔다는 걸
알게 되었다.
그때 왜 나도 모르게 서운한 마음이 밀려드는 건지...

"제가 전에 이 노래 좋다고 했잖아요."

소심한 중얼거림.

사과, 좋아하세요?

누구나 자신이 좋아하지 않는 유형의 사람이 있을 것이다.
물론, 나에게도 그런 사람이 있다.

'사과하지 않는 사람.'

자신의 잘못을 인정하지 않는 사람을 좋아하지 않는다.
온갖 변명으로 잘못을 잘못이 아닌 것처럼 포장하는 사람은
참 별로라고 생각한다.

나아가 '적반하장'인 사람은 더 문제가 많다고 생각한다.

이건 아니라는 걸 나도 알고, 물론 너도 아는데
도대체 그런 성미는 무엇인지
끝까지 인정을 안 하는 사람이 있다.

우기기, 발뺌하기, 일단 큰 소리 치고 보기.

솔직히 그런 사람을 보면,
기본이 안 되었다는 생각마저 든다.

한 번은,

"나는 자존심이 세서 미안하다는 얘기를 못 해."

라는 말을 하는 사람을 본 적이 있다.
그럼 사과하는 사람은 자존심도 없는 사람인 걸까?
세상에 자존심 없는 사람은 없다.

사과를 하고 안 하고는 자존심과 연결 지을 부분이 아니다.

글쎄...
그렇게 처신해서 자존심은 지킬지 모르지만,
잃는 것이 훨씬 더 많지 않을까?

미안하다는 한 마디로 사랑하는 사람을 잃지 않을 수도 있고,
미안하다는 한 마디로 기존의 호평을 잃지 않을 수도 있고,
미안하다는 한 마디로 소중한 기회를 잃지 않을 수도 있다.

사과는 상실의 대비책이다.

서른의 일기

2010년 11월 23일.

삼한 사온이라고 하더니...
정말 그런가 보다.
사일은 그럭저럭 괜찮은데, 삼일은 우울하다.
괜히 흥이 나지 않는다.

어릴 때 내가 생각하던 서른은 꽤 근사한 모습이었다.
그런데 이건 아니다.

27 ~ 29살.
힘든 건 '삼재' 때문일 거라고 스스로 위로하며 힘을 냈었다.
그렇게 서른 살을 기다렸고, 기대했었다.
2010년이 됐고, 삼재라는 핑곗거리도 끝났다.

그렇지만 뭐 하나 마음에 드는 내 모습이 없다.
이렇게 내가 나를 부정하면 안 되는데...
자꾸 키가 작아지는 것 같아서 속상하다.

글쎄...
지금 이 순간도 그 어떤 확신 있는 답을 할 수가 없다.

'확 시집이나 가버릴까?'
그러다가도 그건 정말 아닌 것 같아서

'다시 공부를 더 할까?'
학원 12월 개강 일정을 확인한다.

갖가지 전환점을 찾아보려 한다.
그러다 결국은 그대로 나를 다독인다.

환기가 필요하다.

환기...
그것이 필요하다.

꼭 필요하다.

한번더!

꽝!

너무 낙담하지는 마.
꽝 다음 말이 뭔지 기억나?

다음 기회에!

칭찬반응

난 네가 칭찬을 잘 받아들여서 좋더라.
다들 좋은 말 해주면 "아니에요." 그러는데,

넌,
"정말요? 고맙습니다."

그러잖아.

넙죽 칭찬을 잘도 받지.
그래서 예뻐.

칭찬,

반사가 겸손은 아니야.

잘 받아들이고,
다른 사람에게도 전달하면 되는 거야.

보너스

오래오래 심야 생방송을 했다는 걸 알고 반했다고 했다.
그래서 더 좋아져버렸다고 고백한 사람이 있었다.

내가 당연시 여긴 내 일이 나를 돋보이게 해준다는 건,
분명 보람.

내가 좋아서 한 내 일이 나의 매력이 될 수 있다는 건,
분명 기쁨.

생각지 못한 덤이 더 달콤하다.

진실

이제야 조금 보이는 것 같아.

진짜인 척 하는 가짜,
그래도 여전한 진짜...

왜 진작 몰랐을까...

지금이라도 안 게 다행인 거겠지.

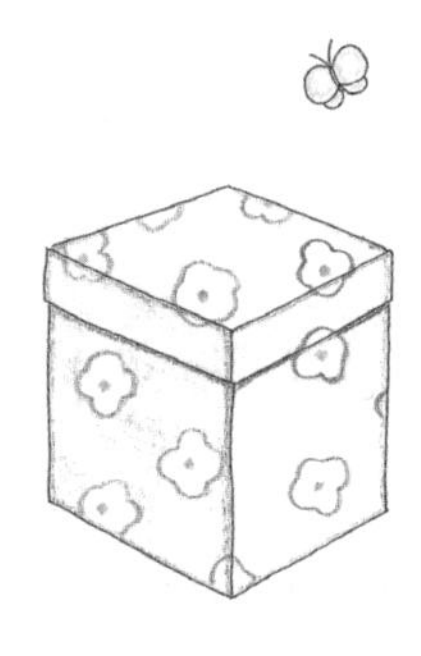

수동인생

인생에도 '자동완성기능'이 있으면 얼마나 편할까.

첫 글자만,
아니면 앞 몇 글자만 입력해도
알아서 다 입력해주니까.
수고를 덜 수 있다.

하지만,
인생에는 '자동완성기능'이 없다.

직접 일일이 끝까지 다 써야 한다.

그래서 좋은 점도 있다.

의도대로!

내가 쓰고 싶은 대로 쓰면 되는 거니까,
다르게 입력되는 일은 없다.

그러니 인생에서 가장 중요한 것은
내 뜻이다.

좋아해

빨강이 좋다.
봄이 좋다.
큰 장미가 좋다.
마이클 부블레가 좋다.
판다가 좋다.
제주도가 좋다.
달이 좋다.
수박이 좋다.
폭잠이 좋다.
보드카가 좋다.
제자리 뛰기가 좋다.
팔짱이 좋다.
심야영화가 좋다.
농담이 좋다.
손편지가 좋다.
'방글이'라는 별명이 좋다.

세상에는 좋아하고 싶은 게 무지 많아.

그리고
그렇게 좋아하는 것 앞에는 항상 조건이 붙어.
'지금은'

하지만 적어도 이것만큼은 조건이 붙지 않았으면 좋겠어.

사람.

녹진하고 싶어.

통하지 아니하다

만일 보충 설명이 필요하다면,

내가 잘못 전달한 걸까,
네가 잘못 이해한 걸까.

...

어렵다.

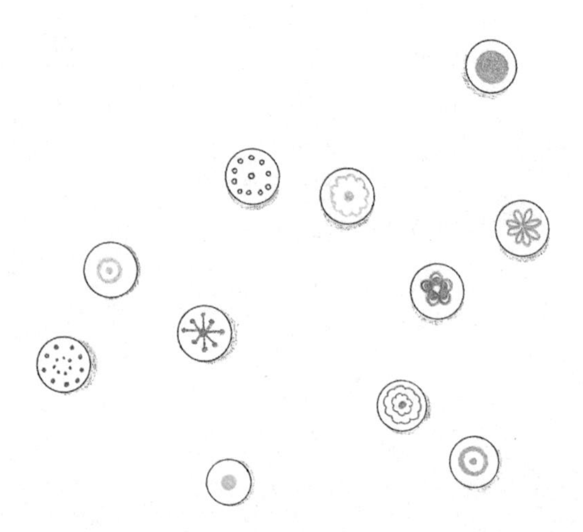

다른 후회

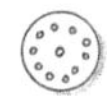

조금만 더 열심히 하는 건데...
진작 최선을 다하는 건데...
그때 더 부지런 떠는 건데...

후회의 대상이 늘 부족함만은 아니다.

덜 쏟은 것에 대한 후회가 있다면,
과하게 쏟은 것에 대한 후회도 있으니까.

그렇게까지 하지 않아도 됐을 텐데...
뭐 하러 그렇게 했을까...
쉬엄쉬엄 할 걸...

후회의 대상에는 넘침도 있다.

01: 30 a.m.

사람들은 짝짓기를 좋아하는 것 같다.

말 짝짓기!
그래서 그런 걸까?

잊다 + 빨리

'잊다'라는 단어는 꼭 '빨리'라는 단어와 짝을 지어버린다.

사람들은
어떤 사람을 혹은 어떤 일을 지우고 싶을 때 스스로 볶는다.

빨리빨리

천천히 잊고 싶다는 사람을 본 적은 거의 없다.
그래서 그런지 방송 중 가장 많이 받는 문자 중 하나도

'그 사람을 빨리 잊고 싶어요.'

하루는
'6년을 사귀다 헤어졌는데, 어떡하면 잊을 수 있을까요.
하루 빨리 잊고 싶어요.'

라는 문자를 받았다.

그 문자에 나는 이렇게 대답했다.

"그 사람에게는 6년이나 주셨으면서,
왜 자신에게는 단 하루의 시간도 허락지 않으시나요.
시간을 주세요."

안녕하세요?

"드디어 취업에 성공했는데요. 걱정돼요.
어떻게 해야 직장생활을 잘 할 수 있을까요?"

인사(人事)가 만사(萬事)입니다.

누군가의 안녕에 관심이 있다면,
자신도 안녕할 겁니다.

답 없는 문제

답이 없는 문제도 있더라.
그냥 던져진 물음일 수도 있다.

"맞혀봐."가 처음부터 없는...
그러니 약이 오를 필요도 없다.

답이 없는 문제는 진짜 문제.
그러니 구태여 풀 필요는 없다.

그대로 둬도 돼.
머리 아프잖아.

사랑의 자물쇠

남산
사랑의 절벽
베키오 다리

공통점은?
자물쇠.

왜 수많은 연인은
자물쇠를 걸어두며 영원한 사랑을 맹세하는 걸까.

중요한 건
잠그는 것이 아니라, 열지 않는 것일 텐데.

자물쇠는 거기 두고 오더라도,
열쇠는 두 사람 손에 하나씩 쥐어져 있다.

열쇠,

누가 먼저 사용하느냐.
혹은 둘 다 끝까지 사용하지 않느냐.

그것이 관건이다.

내 친구, 불안

어느 날.
모처럼 집에서 리모콘 놀이를 하며
한갓진 하루를 보내고 있는데,
초난강 씨가 출연한 프로그램의 재방송이 나오고 있었다.

초난강이라는 일본 배우에 대해 잘 몰라서
별 기대 없이, 별 생각 없이 보고만 있었는데,
방송 끝자락에 가니 유난히 와 닿는 말이 들려왔다.

MC : 얼마 전 다큐멘터리에서 봤는데 초난강 씨가
일이 없어질까 봐 불안해한다는 말을 들었습니다.

초난강 : 제 자신을 대단한 사람이라고 생각하지 않아요.
많은 분들이 저를 응원해주시니 열심히 해야겠다고
생각하죠. 일본이나 한국이나 연예계에는 기회를
잡으려는 사람들이 많아요.
저를 대신할 사람은 얼마든지 있으니 항상 불안하죠.
항상 1년 뒤에 나는 무얼 하고 있을까라는
생각을 하곤 합니다.

'불안하다니… 일본의 스타도 그런 생각을 하는구나…'

'불안'이라는 단어는 나와도 떼려야 뗄 수 없는 관계다.
그만큼 평소에 긴장을 늦추지 않고 있다.

6개월 단위로 성적표(청취율 조사 결과)를 받는 나로서는
불안으로부터 절대로 자유로울 수 없다.

그래서 차라리 이런 생각을 하고 있다.

'불안과 벗이 되자.'

지금 그 친구와 관계가 좋은지는 모르겠다.
돈독해지고 싶은데 그럴 수 있을지도 모르겠다.
참 만만치 않은 상대니까.

하지만 확실한 건,
그 친구와 절교하는 따위의 어리석은 행동은
하지 않을 거라는 거.

불안과 좋은 벗이 되고 싶다.

현실

꿈도 꿈이고,
돈도 돈이다.

벌이로부터 완전히 자유롭기란 얼마나 어려운 일인가.

돈이 꿈을 구속한다.

너름대로

나름대로 말고
너름대로!

최선의 기준은
내가 아닌 남.

'내 딴에는 한다고 했는데...'
아무 소용없다.

누가 봐도 인정할 만큼이 되어야
원하는 결과를 이끌 수 있다.

축하, 먼저

덮어놓고 축하부터 해줄 때 진정성이 느껴진다.

간혹 축하한다는 말보다 어떻게 된 거냐는 궁금증을
먼저 던지는 사람이 있다.

그 물음은 이렇게까지 들린다.

설마?
네가?
그럴 리가?

그럼 어찌나 서운한지...

시기하는 거 아니라면
질투하는 거 아니라면
설사 그렇더라도

제일 앞 순서는 '축하'.

누구야, 그래 줄 수 있지?

나무섭지?

나 젖은 휴지가 되리.
아무리 세찬 비질에도
절대 떨어지지 않으리.

나 젖은 낙엽이 되리.
초강력 태풍 몰아친다 하여도
절대 흩날리지 않으리.

너한테.

적당히

요리 프로그램 좀 지켜보고 있자면
이 얘기를 가장 많이 듣게 된다.

"적당히 넣으세요."

도대체 '적당히'의 기준이 무엇인지...
갸우뚱.

연애에 관해서도 이 얘기를 많이 듣게 된다.

"적당히 많은 사람을 만나라."

여기서도 '적당히'가 의미하는 바가 정확히 무엇인지
당최 알 수가 없다.

우리에게 요구되는 적정선...

많이 헤매다 보면 스스로 찾게 될까?

민모션 증후군

더부룩하고,
가슴이 답답하고,
꽉 막힌 것만 같고...

아무래도 체한 것 같습니다.
눈물 때문에 체기가 느껴지는 것 같아요.

눈물도 꼭꼭 씹어 잘 소화해야 합니다.

민모션 증후군.

민모션 증후군은
큰 소리로 울지 못하고,
입술을 깨물거나 손으로 입을 막으며
울음소리를 밖으로 내비치지 않으려는 현상이라고 하는데요.

그렇게 억지로 참다 보면 눈물이 얹히는 거죠.

눈물이 나오면 그냥 터뜨려 버리세요.
까짓것!

시간이 초과되었습니다

그거 아니?
지금 네가 하는 말,

너무 오래 걸렸다는 걸.

난,
지금이 아니라 그때 듣고 싶었어.

이미 오래전이야.

좋은 거절

"수험번호 0000번 000님은 이번 전형에 불합격하셨습니다.
귀하와 같은 인재를 모시지 못하게 되어
매우 안타깝게 생각하는 바이며,
건승하시기를 진심으로 기원합니다."

거짓말...
저 상투적인 멘트 좀 바꿀 수는 없는 거니?

내가 진짜 인재라고 생각하면 왜 모시지는 못하는 건데?
말이 돼?

"정말 좋은 분이시니,
분명 저보다 더 좋은 사람 만나실 거예요."

이거랑 뭐가 달라?

미사여구 다 떼고,
영혼 없는 위로 따위는 더 필요 없고,

거절할 때는 어쩌면 이 한 마디면 충분할지 모른다.

"Sorry."

부러우면 이긴다

나는 네가 부럽다.
나는 너도 부럽다.

부러우면 지는 거라고 하던데,
그렇다면 나는 '루저(Loser)'인가?
그것도 아니면 '루저' 다음이라는 '꺼져'인가?

그렇게 생각하지 않는다.

부러워할 줄 알고,
무엇이 부럽다고 자신 있게 말할 줄 아는 사람이
결국은 이긴다!

부럽다는 것은 결국 자극을 받는다는 얘기.
우리에게는 건강한 자극이 필요하다.

부끄러워하면 지지만,
부러워하면 이긴다.

참 쉽다

그냥 한번 만나봐?
그냥 한번 해봐?
그냥 한번 길러봐?

모든 문제는 늘 거기서 시작된다.

의심

의심은 바퀴벌레.

최고의 번식력을 자랑하지.

자는 모습만 봐도 그 사람의 성향이 보인다고 하던데,
그럼, 엎드려 자는 사람은 어떤 사람일까?

언제나 엎드려 잔다.
사실 더 정확하게 얘기하면 엎어져 잔다.

최근 어떤 연구를 보니까 엎드려 자면
심장과 폐에 자는 내내 압박이 가해져서 좋지 않다고 한다.

그래서 뇌에 산소 전달도 잘 안 되고,
악몽을 꿀 수도 있다고 한다.
또 야한 꿈을 많이 꾼다고 하던데
안타깝게도 그건 예외인 것 같다.

엎드려 자는 게 좋지 않다는 얘기가 많지만,
나는 바꿀 수가 없다.
침대를 끌어안고 자는 듯한 특유의 안락함을
포기할 수 없으니까.
적당한 대체재가 생기기 전까지는 어쩔 수 없을 것 같다.

엎드린 채로
오늘도 나는 오른쪽을 보며 잠을 잔다.
자유낙하 자세, 고개는 반드시 오른쪽으로.
형평성을 위해 왼쪽으로 돌려보지만,
금방 오른쪽으로 돌아온다.

편안해야 하는데 오늘따라 불편함이 있다.
몰래 새어 들어오는 광선 같은 긴 빛이
정확히 내 오른쪽 뺨을 명중한다.

안 되는데...
주근깨 생길 텐데...

걱정은 되는데, 너무 졸리다.
잠에 취해 적절한 조치를 취할 수가 없다.

그래서 소극적으로나마 시선을 왼쪽으로 바꿔보는데,
귀소본능 때문인지
다시 제자리를 찾는다.
오른쪽 오른쪽 오른쪽

수면욕과 자외선 차단욕의 다툼에 머릿속이 복잡해진다.

다시, 이불을 머리끝까지 덮어써보지만
숨이 막혀서 안 되겠다.

머리맡에 가부좌를 틀고 있는 곰인형의 발이 보인다.
그 널찍한 발을 척!
내 오른 뺨 위에 올려본다.
의외로 안성맞춤!

나는 오늘도 오른쪽을 보며 잠든다.

A와는 늘 '어느새'야.
두 시간, 세 시간이 훌쩍,
시간이 모자라.

반대로,

B와는 늘 '아직도'야.
겨우 1분의 시간도 버거워.

나는 상대에게 A일까, B일까?

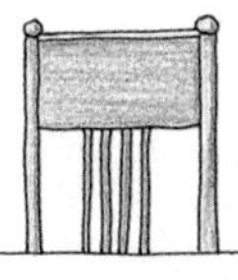

거기, 누구 있어요?

"나 좀 봐줘."

뒤태 좀 봐달라고 앞서 걸어가며
물어보고, 또 물어봅니다.

"어때? 저번보다 살쪘어, 안 쪘어?"

우리에게는 거울이 필요합니다.
하지만 더욱 필요한 건, 곁사람이겠죠!

물으면 들려옵니다.
말하면 달려옵니다.

요령 있게

"선생님 시험 범위 가르쳐주세요."
"이번 기말고사 시험 범위는 70페이지부터 120페이지까지다."

아이들이 시험을 잘 보기 위해서는
반드시 정해진 범위 내에서만 공부해야 한다.

마찬가지다.

사랑을 잘 하는 사람은,
상대의 범위를 잘 파악하는 사람이다.

범위 밖 공부는 쓸모가 없다.

두 번째의 굴레

이젠 뭘 좀 아니까 왠지 더 쉬울 것 같은 게,
두 번째다.

하지만 사실은 더 어렵다.

재수
편입
이직
재회
재혼

안다는 것이 꼭 도움이 되는 것은 아니다.

너무 많이 알아버리면...
안다는 것이 굴레가 될 수도 있다.

서툴면 서툰 대로
모르면 모르는 대로

그게 더 좋을 수도 있다.

깨!

깨우쳐야 깨어날 수 있고,
깨어나야지만 깨고 나올 수 있다.

펜을 집어 들었는데, 써지지 않는다.

다급해진 마음에
노트 한 귀퉁이에 손 가는 대로 그어 보는데...

갑자기 왈칵 하고 잉크를 토할 것 같다가도
이내 계속 깜깜무소식이다.
이렇게 자국은 남기면서 왜 써지지는 않는 건지...

답답하다.
내가 참 좋아하는 펜인데...

그러고 보니, 그러하다.

"말해봐..."

들리지 않는 대답은 생채기만 남긴다.

시야확보

책을 읽는다.
책을 코앞까지 가져와 본다.
글씨가 보이지 않는다.

다시 책을 얼굴에서 떼어본다.
조금 더 거리를 둔다.
글씨가 잘 보인다.

너무 가까이 있으면 오히려 보이지 않아요.

안 보이면,
더 다가가는 게 아니라,
도리어 한 발 물러나는 거예요.

보이지 않던 것이 보일 겁니다.
더 많은 것이 더 정확하게 보일 거예요.

프러포즈

결혼을 앞둔 친구 녀석이 말한다.

"프러포즈, 그 뻔한 걸 꼭 해야 돼?"

내가 말한다.

"그러니까... 그 뻔한 것조차 안 해주면 어떡해?"

[안간힘]

밤의 라디오를 사랑하는 사람의 대부분은 선량하다고 믿는다.

여리고,
맑고.

그래서 밤의 사람들은 입에 미운 소리도 잘 못 담는 편이다.
그 덕에 나처럼 소심한 사람도 방송을 오래 할 수 있는 것 같다.

따가운 말이 오갈 시간대였다면,
만신창이가 되어 들것에 실려 나갔을지도 모른다.

토닥이고, 보듬고.
푸근한 자정의 시간이 난 참 좋다.

그렇게 좋아하는 어느 날 밤.
여느 날처럼 사연을 소개했는데,
여느 날과 다른 내용의 문자가 들어왔다.
그것도 처음 보는 새싹 청취자로부터.

'그런 것도 몰라요? 무식하게... 왜 발음을 그딴 식으로 해요?
[안깐힘]이 아니죠. [안간힘]이죠.'

기습공격.

울상이 되어 노래가 나가는 사이 급하게 검색했더니,
천만다행!
내가 틀리지 않았다.

다소 억울했다.
난 억울한 게 세상에서 제일 싫은데...

방송을 오래할수록 조심스러운 마음이 커진다.
말이 무섭다는 걸 잘 알기에 한 마디 한 마디의 무게가
천근만근이다.
또, 누군가에게 평가 받는다는 것은
여전히 익숙하지 않은 부분이다.

그렇기에 늘 눈치를 봐야 한다.
이쪽, 저쪽.

그야말로 안간힘을 써야 한다.

멀리해

너의 자존감을 지켜주지 않는 사람은
좋은 사람은 아닌 것 같아.

관객이 필요해

누굴 좋아한다고?
어떻게 해야 할지 모르겠다고?

짝사랑에는 관객이 많아야 해.
박수 쳐주고, 응원해주고...

먼저, 소문내는 것부터 시작해.
혼자 품고 있으면 무슨 소용 있겠어.

단, 그 마음 확실하면 말이야.

선택

지나고 나면 잘 고를 수 있을 것 같다.

이건 하고,
이건 하지 말고.

선 결과, 후 선택이라면 좋을 텐데...

선택이 어려운 건,
늘 먼저이기 때문이다.

위험해

밤에 생활을 하다 보니
자외선은 멀리해서 좋고, 광합성은 언제나 아쉽다.

찬찬히 따져보면,
나에게는 밤이 잘 맞고,
밤이 주는 특혜를 충분히 누리고 있다고 생각한다.

물론, 불편도 있다.
그것은 '연애'

한 선배님이 그런 말씀을 하셨다.

"아윤아. 너 밤에 방송하는 건 청취자만 좋아해."

또 다른 선배님은,

"연애하기 진짜 어렵겠다.
하긴, 사람 많은 시간에 활동해야 무슨 건수라도 생기지."

어떤 후배는 얄궂게,

“누나! 사리 나올 것 같아.”

여러 사람의 우려 섞인 목소리에 섬뜩해진다.
완전한 고립.

‘위험수당 주세요.’

어른들은 깍두기를 좋아하지 않아

동네 골목 놀이 - 가위바위보 편 가르기.
체육대회 - 청팀 백팀 팀 나누기.

거기서부터 시작된 걸까?

직장생활에도 편 가르기는 계속된다.

나에게 선택권이 주어지는 경우도 있고,
자연스럽게 분류되는 경우도 있다.

무조건 둘 중 하나여야만 한다.

그래도 어릴 때는 '깍두기'를 인정해줬는데...

어른들은 '깍두기'를 좋아하지 않는가 보다.

먼 훗날 언젠가

주책없이 앞서 상상할 때가 있다.
그래서 가끔은 미리 마지막 방송을 떠올려 보곤 한다.

그러면 괜히 눈 끝이 떨려오고, 명치끝이 아려온다.
어떠한 이별도 슬프지 않은 이별은 없을 테니...

'나처럼 잘 내려놓지 못하는 사람이 그럴 수 있을까?'

마지막 날이 온다면...

무슨 말을 할까.
여는 곡과 매듭 곡은 무엇으로 하면 좋을까.

두 달 간 방송을 잠깐 쉰 적이 있기에
금단현상을 익히 알고 있다.
후유증.

여파에도 괜찮을 수 있을까?
나처럼 잘 내려놓지 못하는 사람이 말이다.

사랑합니다, 고객님!

"365일, 24시간. 아윤이는 불이 꺼지지 않는다."

'민원'이라는 별명을 지어준 선배들이 장난스럽게 놀린다.

무엇이든 물어보세요.
무엇이든 부탁하세요.

모임에서 총무, 경리 역할은 언제나 내 몫이다.
어쩔 때는 '다산 콜센터' 같다고도 한다.

내가 좋아하는 사람이 나에게 의지하는 걸 좋아한다.

기꺼이 챙기는 거 좋아하고,
기꺼이 예약하는 거 좋아하고.

'디테일의 여왕'이라는 별칭답게 그런 것들을 즐겨한다.

솔직히 다른 손을 좀 불안해하는 것도 없지 않아 있고...

민원실은 일 년 내내 분주하다.

두 개의 시간

말은 느리거나 느려 터지고,
호흡도 길지만.

스튜디오 안의 내 모습은 매우 분주하다.

시신은 빨리, 짧게 끊어 쳐야 한다.

두 개의 시계,
문자 게시판,
사연,
큐시트.

등등

살펴야 할 것이 많다.

특히, 시간을 잘 잡고 가야 한다.

바로 가는 시계와 거꾸로 가는 시계,
두 가지를 두루 챙겨야 한다.

날마다 Duration* 이 다르기 때문에
놓치지 말고 잘 따라가야 한다.

1부 한 시간짜리 방송이 꼭 한 시간은 아니다.

어느 날은 59분 30초.
어느 날은 58분 06초.

시간의 비위를 잘 맞추어야만 마무리가 깔끔하다.

* Duration (Time) : 편성된 실제 방송 시간

회피

"따끔합니다."

그런다고 안 아픈 거 아니잖아.
따끔할 거라고 미리 얘기만 하면 아무 책임 없는 거야?

난 지금 아프다고.

설령 네가 미리 말했다고 해도,
내가 아프잖아?

그럼 책임이 있는 거야.

호의,

고맙습니다. 조만간 봬요.

호감,

고맙습니다. 언제 만날까요?

대화도 나이 든다

"내가 어디까지 얘기했지?"

"할 얘기가 있었는데..."

깜빡. 깜빡. 깜빡.
불이 들어온다.

무슨 부귀영화를 누리겠다고.

이 일이
이 짓거리로 느껴질 때,
그리고 스트레스!

그런 날이 있다.

누가 알아준다고
이렇게까지 해야 하나 싶기도 하고...

하지만,
알아준다.

언젠가는....

세상이 보고 있다.

무공해를 꿈꾸다

'아윤님~ 오랜만에 대형서점에 가서 둘러봤는데요.
가만 보면, 갈수록 알맹이가 없거나
뭘 말하는지 모르겠는 책이 넘쳐나는 것 같아요.'

청취지가 보낸 문자.
예사로 볼 수 없었어.
이 문자를 받는 순간 뜨끔했거든.

나 역시 지금 책을 쓰고 있는데,
내가 쓰는 책에는 알맹이가 있는지, 정확한 메시지가 있는지...

그리고 같은 날 오후에 만난 후배는
또 이런 얘기를 꺼내는 거야.

"선배님, 어제 서점에 갔는데,
책도 많고, 쓸데없는 책도 진짜 많은 거예요..."

한 번 더 뜨끔했지 뭐.

과연 내가 쓰고 있는 책은 쓸 데가 있을는지...

속도 있고, 쓸모도 있는 그런 책이 되기를 바라는데,
괜한 짐 덩어리 하나 더 보태는 건 아닌지...

최소한 공해 유발자는 아니기를...

기분에 충실

날마다 기분에 따라 글이 달라.

어떤 건 내 마음에도 흡족.
그런대로 괜찮은 것도 있고,
내가 쓰지 않은 것처럼 서먹한 것도 보이고,
다소 미지근한 느낌도 있어.

고쳐볼까.
지워볼까.

아니다.
관두자.

모두가 내 글이다.

거짓말쟁이

어쩜 그래.

낯빛 하나 안 바뀌고,
방언 터지듯.

거짓말도 버릇이더라.

빙어

솔직한 게 좋은 거라고
자신은 돌려 말할 줄 모른다고
말하는 사람을 보았다.

정말 솔직한 게 좋은 걸까?

상대가 난처하든 말든,
자기 기분 내키는 대로,
곧이곧대로.

너무 투명해 빙어가 따로 없다.

꼭 그래야만 할까?

본인이야 할 말 다 하고 사니
속이 편할지 모르지만,
상대는 화병이 날 수도 있다.

조금만 덜 말하고,
조금만 더 눈치 있으면,

분명 좋은 사람일 텐데...

아니, 그립습니다!

| 클로징 |

새벽 한 시.

제게 낮 한 시는 평범한 시간이지만,
새벽 한 시는 특별한 시간입니다.

가다듬는 시간.

라디오 방송 1부를 마무리하면서
곧바로 2부를 맞이하는 시간이거든요.
쉼표 같은 시간.

호흡을 새로 정리하는 짧은 순간이기 때문에
매우 소중해요.

그렇게 하루 한 차례 숨을 고르듯
생에 첫 책 쓰기를 통해 인생의 숨을 다듬게 되었습니다.
이 책을 쓰는 시간 역시 저에게는 숨표 같은 시간이었어요.

책을 쓰는 동안
지난 여러 날의 감성을 다시금 떠올릴 수 있었습니다.
그래서 새로운 나로 옮겨가는 느낌.

이렇게 환기를 하고 나니 한결 가뿐하네요.
누군가에게도 쉬어가는 시간을 내드릴 수 있기를 바랍니다.

이제 더 많은 이야기를 들을 수 있을 것 같아요.
그리고 더 건강한 목소리를 전할 수 있을 것 같습니다.

믿고 듣는, 그녀.
믿고 듣는, 라디오.

그랬으면 좋겠어요.

반려 라디오.
반려 DJ.

그랬으면 좋겠습니다.

'관계'라는 이름 아래 알고 지내는 모든 분, 고마워요.
보다 더 '특별한 관계', 우리 가족 사랑합니다.

여자, 새벽 한 시

초판 1쇄 인쇄일 | 2013년 9월 16일
초판 1쇄 발행일 | 2013년 9월 23일

지은이 | 석아윤
그린이 | 김은기
펴낸이 | 김희연
펴낸곳 | 에이엠스토리(amStory)

책임편집 | 김승윤
편집 | 정지혜
홍보·마케팅 | (주)에이엠피알(amPR)
디자인 | 이규리 orangeis@hanmail.net
인쇄 | 금강인쇄

출판등록 | 2010년 2월 15일 제307-2010-4호
주소 | (100-042) 서울시 중구 남산동 2가 22 명지빌딩 신관 701호
전화 | (02) 779-6319
팩스 | (02) 779-6317
이메일 | amstory11@naver.com
홈페이지 | www.amstory.co.kr
ISBN | 978-89-965725-6-5